LE PÈSE-CLAQUES

Mathilde Lossel

LE PÈSE-CLAQUES

Illustrations de
Guillaume Plantevin

Mon Marque-Page +
Didier Jeunesse

À Lucas, mon compagnon d'aventures.
Aux bêtises qui nous ont fabriqués.
M. L.

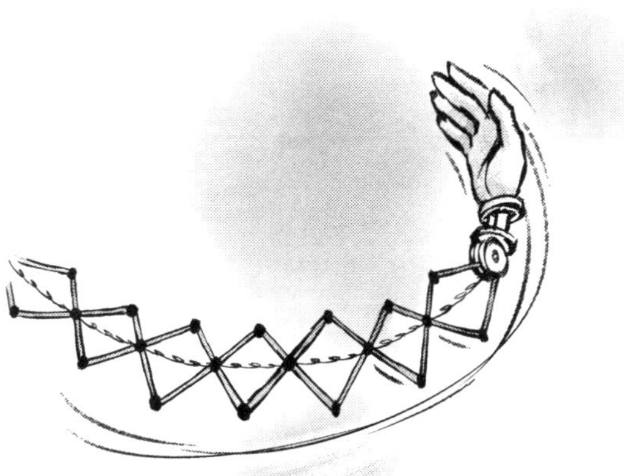

CHAPITRE 1

Entre chien et loup, à l'heure où les dernières lueurs du jour se mélangent à la nuit naissante, une douzaine de curieux se dirigeaient, non sans crainte, vers un terrain vague du quartier de Malappris. L'endroit était réputé très dangereux, aussi la plupart de ces individus ne s'y étaient jamais aventurés. En chemin, ils croisèrent des chiens sans laisse et des hommes à l'air patibulaire. Les plus prudents firent demi-tour. Les autres longèrent une palissade jusqu'à découvrir un trou. Ils s'y glissèrent et avancèrent à tâtons dans l'obscurité d'un champ d'orties.

– Le ciel est devenu plus noir qu'une bouse de vache ! se plaignit une dame, en écrasant le pied d'une autre.

– Aïïïïïïïïe ! hurla la victime, qui sauta à cloche-pied le reste du trajet.

Éreinté et couvert de piqûres, le petit groupe arriva devant une pancarte qui pointait vers une baraque faite de bric et de broc. On pouvait discerner des caravanes échouées autour. Les quelques adultes qui se présentèrent accompagnés de leurs enfants avaient suivi les indications du tract qu'on leur avait distribué sous le manteau. Dessus, était inscrite une mystérieuse formule : *Le Pèse-claques, spectacle pour les enfants pas sages.* Ainsi, les enfants qu'on avait amenés de force jusqu'à la baraque étaient, selon leurs parents, particulièrement malpolis. Pères et mères désespéraient de faire un jour de ces rejetons des personnes bien élevées. Il faut dire qu'ils avaient déjà tout essayé pour remettre leurs enfants dans le droit chemin, mais rien n'y faisait. Chaque jour apportait son lot inépuisable de bêtises, toujours plus inattendues et

ahurissantes. L'aptitude des enfants du coin pour l'indiscipline était vraiment étonnante. D'après la légende, deux éminents chenapans avaient donné autrefois le mauvais exemple. Ils avaient même inspiré le nom du quartier : Malappris. Mais en grandissant, ces enfants terribles avaient apparemment arrêté leurs bêtises. Et cachés parmi les adultes, ils prétendaient n'en avoir jamais fait.

Sur le chemin qui les menait au Pèse-claques, les enfants avaient crié « Hihi woilu ! Hrou de mammou ! »

Ils voulaient dire « Zizi poilu ! » et « Prout de mammouth ! », mais les adultes avaient pris soin de les bâillonner. À l'entrée de la baraque, les parents reconnurent l'homme qui leur avait distribué le tract.

– Approchez, ap… approchez, mesdames et messieurs…, disait-il.

L'homme butait sur les mots. Cela était sans doute dû à une grande timidité qu'il tentait de masquer. S'il semblait se réjouir de l'arrivée de son public, il paraissait également apeuré. Parler à des inconnus lui demandait de gros efforts. Pour faire bonne figure, il s'appliquait à sourire. Mais il souriait trop, à tel point que cela ressemblait à une grimace. Il portait un costume neuf, mais si l'on regardait de plus près, on apercevait aux coudes des trous mal rapiécés. Sa veste noire et sévère contrastait avec l'expression de crainte enfantine qui se lisait sur son visage. On croyait voir un enfant coincé dans un costume d'adulte.

Il s'approcha de l'un des parents et chuchota :

– Vous n'avez pas été… suivis ?

Chapitre 1

Alors que le spectateur, étonné, indiquait que non, il reçut une forte tape dans le dos.

– Tant mieux ! lança le bonimenteur.

Et il laissa éclater un rire qui rappelait le crissement d'une craie sur un tableau noir.

Les spectateurs prirent leurs billets, puis ils durent lâcher la main de leurs enfants qu'on faisait entrer par une autre porte. Ces derniers ne savaient pas pourquoi ils étaient là, mais une chose était sûre : on les avait obligés à venir. Et ils détestaient à l'avance tout ce qui était obligatoire. Aussi freinèrent-ils des deux pieds quand le bonimenteur les poussa vers une entrée plus petite, juste à leur taille.

– V… vous ne voulez pas entrer ? s'enquit l'homme de spectacle, qui faisait semblant de trouver cela étonnant. Pourtant, à l'intérieur vous attend une f… fabuleuse surprise.

La curiosité des enfants fut plus forte que leurs craintes. Ils se précipitèrent vers l'ouverture.

Seule une jeune fille résista. Elle se prénommait Tabatha. Particulièrement revêche à l'autorité, pétillante d'imagination et surprenante de débrouillardise, elle aimait par-dessus tout se jeter la tête la première dans des activités interdites, brouillonnes et déraisonnables, à n'importe quelle heure du jour et de la nuit. En somme, elle montrait un talent inouï pour les bêtises. La terre sur ses habits et ses cheveux emmêlés témoignaient de son goût pour l'aventure, plutôt que pour le bain.

– Boudin noir ! Qu'est-ce que c'est que cette histoire ? s'exclama-t-elle tandis que les autres enfants se bousculaient vers la surprise. Drôle de porte… À coup sûr, il doit y avoir un monstre poilu là-dedans !

Elle fila entre les jambes du bonimenteur, puis courut se réfugier à l'arrière de la cabane. À travers une planche de bois fendue, elle observa ce qui se déroulait à l'intérieur. Le brouhaha des parents qui patientaient dans les gradins fit place au silence et les rideaux s'ouvrirent sur une estrade de guingois. Le bonimenteur se tenait là, debout, à côté d'une gigantesque machine à l'aspect invraisemblable. Au centre de la machine, une balance était reliée à des tuyaux de multiples couleurs ainsi qu'à des écrans qui ressemblaient à des téléviseurs, quoique plus biscornus. Un plongeoir, en hauteur, permettait de sauter dans un toboggan qui menait dans les entrailles de l'imposante construction.

– Viande mâchée ! Les copains ! Dans quel piège sont-ils tombés ? s'écria Tabatha.

Elle venait d'apercevoir, sur le plongeoir, les enfants en file indienne. Un petit garçon voulut redescendre, mais il s'immobilisa. Devant lui, un chat anormalement grand, le poil hérissé, barrait le passage. La bête sortit ses griffes. Et de son ventre monta un gigantesque gargouillis.

– On… on dirait qu'il a faim, remarqua une jeune fille, tremblante.

L'animal fixait les enfants, les babines dégoulinantes de bave.

– Maaaaougrrrr !

– C'est un chat ou un monstre ? s'interrogea un garçon, terrorisé.

Le chat ouvrit la gueule en grand et laissa échapper son haleine fétide de croquettes. Les enfants crièrent d'effroi. S'éloignant le plus possible du félin, ils se blottirent les uns contre les autres, au bord du plongeoir. Le bonimenteur se racla la gorge.

– Messieurs dames, les enfants sont capables du meilleur… mais surtout du pire ! Car les enfants font des bêêê… des bêêê… des bêtises !

Un spectateur crut entendre une chèvre et regarda sous son banc. Le bonimenteur toussota, feignant d'être légèrement enroué. Il avait honte de bégayer.

– Chaque bêtise impunie est comme un ch… un ch… un chewing-gum collé sous une table. Si on le laisse sécher, on n'arrive plus à le décoller.

Une mère approuva joyeusement :

– Tout à fait, réprimons les bêtises tant qu'elles sont encore baveuses !

Ce soutien donna au bonimenteur plus d'assurance.

– Moi, M. Kam'lott, cria-t-il, j'ai fabriqué la machine… que voici !

Rouge d'excitation, il tendit les bras vers le mécanisme posé à côté de lui sur la scène.

Quelques spectateurs applaudirent. Les autres retinrent leur souffle, impressionnés par le grand monsieur en costume.

– Cette machine, construite de mes propres pieds… euh… de mes propres mains… est capable de peser scien-ti-fi-que-ment les bêtises commises par vos enfants pendant la semaine !

Un murmure ébahi monta des gradins. Ce monsieur… Calotte… – ou était-ce Carotte ? – enfin, cet homme-là leur présentait une invention révolutionnaire !

M. Kam'lott poursuivit :

– En fonction du poids des bêtises, la machine distribue aux garnements… c'est-à-dire aux… enfants… la juste punition scien-ti-fique qu'ils méritent !

En entendant le mot « punition », les parents s'enthousiasmèrent.

– Vive les sciences ! s'exclama un monsieur légèrement décoiffé.

– On n'arrête pas le progrès ! se réjouit une dame au rouge à lèvres fluo.

Le bonimenteur sourit.

– Cher public, je sais pourquoi vous êtes là ! Vous voulez savoir ce que vos enfants fa… fabriquent chez vous, dans votre propre maison et parfois jusque sous votre oreiller ! Vous rêvez de les surprendre la main dans le pot de conf… confiture ! Si vous êtes ici aujourd'hui, c'est parce que vous voulez savoir… qui a mis de la glu dans votre shampoing, et même, dans vos chaussettes ! Ou qui a appelé un numéro spécial avec votre téléphone, pour un montant de quatre mille huit cents euros ! Vous voulez savoir qui a commandé deux cent treize pizzas hier soir !

À l'extérieur de la baraque, Tabatha riait de toutes ces bêtises.

– Deux cent treize pizzas ? Pfff… C'est tout ? J'en aurais pris le triple !

M. Kam'lott continua sa tirade en hurlant :

– Grâce au Pèse-claques, justice sera faite de façon ma-thé-ma-tique ! Et sachez, cher public, que la machine ne se trompe jamais !

Il annonça enfin :

– Et maintenant, que le premier enfant descende dans la machine !

Sur le plongeoir, le chat, réagissant à un claquement de doigts du bonimenteur, avança brusquement vers les enfants. À force de reculer, ces derniers poussèrent malgré eux Bénédicte dans le toboggan. On entendit le cri d'une mère déchirer l'air, puis le Pèse-claques avala la petite fille et dévoila au public la première bêtise de la soirée.

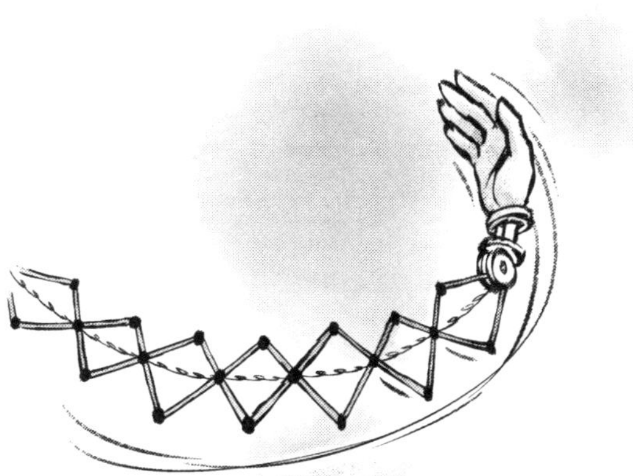

CHAPITRE 2

Sur l'un des écrans biscornus, les spectateurs purent voir Bénédicte qui dévorait goulûment des poux sur la tête de son petit frère. La voix au léger accent hongrois de la machine se fit entendre :

– Une petite bêtise…

On vit ensuite Bénédicte coller une affiche indiquant FERMÉ POUR CAUSE D'ENNUI MORTEL sur la porte de l'école. La machine commenta :

– Une moyenne bêtise…

Enfin, sur un autre écran, Bénédicte apparut en train de boucher l'évacuation d'eau de la baignoire. On vit l'eau déborder de la baignoire d'abord, de la salle de bains ensuite… et se mettre à couler par la fenêtre. Or sous la fenêtre se trouvait le père de Bénédicte. Il fut d'abord aspergé, puis attaqué par divers accessoires de bain. Un bateau de pirates, avec toutes ses figurines à bord, lui fit la plus grosse bosse. La machine commenta :

– Et une grosse bêtise.

Des boules de couleurs vives tombèrent dans la balance. Chacune représentait une bêtise de taille différente. L'aiguille de la balance se déplaça vers la droite et le Pèse-claques annonça :

– Le total est de quatre kilos et cent grammes de bêtises, ce qui est égal à quatre grosses claques et une petite tape.

Le Pèse-claques recracha Bénédicte qui atterrit sur la scène, sonnée. Elle n'eut pas le temps de reprendre ses esprits. Une main mécanique sortie de la machine lui distribua quatre claques et une petite tape sur les fesses. Les joues rosies, elle versa une larme et courut vers les bras de sa mère. Dans le public, des voix s'élevèrent.

– Touché ! entendit-on.

– Coulé ! ajouta-t-on avec des accents victorieux.

– Qui vole un bœuf, mange un œuf ! remarqua-t-on encore.

Après Bénédicte, ce fut le tour de Zachary, puis celui d'Ilias et de Cristobal. Ce dernier remporta la plus belle correction, car il avait fait dix bêtises dont deux grosses. Il s'était mouché dans le soutien-gorge de la voisine, qui séchait dehors ; ensuite il avait mangé à la cantine... sans les mains, en plongeant directement la tête dans son assiette. Il en avait d'ailleurs profité pour se moucher dans sa purée, car son rhume ne s'arrangeait pas. La force des claques fut telle qu'en sortant de scène, Cristobal avait la marque des doigts sur les joues.

– Aïe ! Ça doit faire mal ! commenta un enfant qui attendait sur le plongeoir.

Les parents de Tabatha, M. et Mme Gratteloup, s'inquiétèrent de ne pas voir leur fille descendre dans la machine. Derrière sa planche fendue, celle-ci n'en croyait pas ses yeux ni ses oreilles.

– Champignons farcis ! Mon petit doigt m'avait bien dit de ne pas entrer ici !

Les spectateurs sortirent de la baraque émerveillés par la science de la machine. Ils quittèrent la salle à pas lents, comme après un songe.

– Tabatha ! s'écria Mme Gratteloup en l'apercevant à la sortie. Où étais-tu encore allée te cache-fourrer ?

Tabatha haussa les épaules.

– Je ne voulais pas entrer dans la cabane du sorcier.

– Un sorcier ? Pfff… N'importe quoi ! maugréa M. Gratteloup. Toujours à faire ta mauvaise tête. Quand on te dit de faire quelque chose, tu obéis. Quand on te dit d'entrer dans la cabane, tu entres dans la ca…

– Non, l'interrompit Tabatha.

– À qui dis-tu non ? se fâcha M. Gratteloup.

– À toi, Barbamouche, dit Tabatha avec une nouvelle grimace.

Elle montrait le blanc de ses yeux en faisant bouger ses oreilles. Sa mère ne put se retenir de glousser. Barbamouche était le surnom que Tabatha donnait à son père chaque fois que celui-ci se fâchait contre elle ou l'énervait. Il avait effectivement une barbe touffue dans laquelle les mouches restaient

ENTRÉE

parfois coincées. À tous les coups, cela faisait rire Mme Gratteloup et M. Gratteloup ne parvenait plus à être pris au sérieux. Il souffla, agacé. D'une manière générale, il se sentait désarmé face à sa fille qui agissait à sa guise au lieu de lui obéir. Un vrai petit diable ! Il alla se plaindre à M. Kam'lott. Il n'était pas juste que Tabatha n'ait pas reçu sa punition, comme les autres enfants. M. Kam'lott le rassura :

– Ne vous inquiétez pas, vous entrerez sans payer la prochaine fois. Ha, ha !

Il lança un clin d'œil à Tabatha. Elle tira une langue orange, de la couleur du chewing-gum qu'elle venait de lui chiper, directement dans sa poche.

*

Sur le chemin du retour, les spectateurs débordaient de satisfaction. Ils parlaient déjà de revenir avec leurs voisins. Par chance, une autre représentation devait avoir lieu très bientôt, à l'occasion de la Journée sans dessert. C'était une festivité locale qui permettait de prendre de l'avance sur les bêtises à venir tout en punissant les bêtises passées inaperçues. La date était donc idéale. Mais pourquoi les parents de Malappris étaient-ils si heureux de ce spectacle de punitions ? Au fond, ils étaient jaloux de leurs enfants qui vaquaient librement à leurs bêtises tandis qu'eux manquaient d'audace et n'osaient pas faire ce qui leur passait par la tête.

Pour M. Kam'lott, le Pèse-claques avait une tout autre signification. Mais ça, personne ne le savait. Élevé par sa grand-mère, le bonimenteur lui avait voué toute son affection. Malheureusement, la vieille dame était aussi aimante qu'un cactus. Les seuls mots qu'elle avait pour lui étaient : « Sois sage, petit. »

Désireux de gagner sa tendresse à tout prix, le jeune Kam'lott respecta cette consigne à la lettre. Il s'efforça d'être toujours parfaitement, complètement et éperdument… sage. Il finissait toujours ses assiettes, même quand il y avait des brocolis dedans. Au lieu de dire des gros mots, de se battre, de trouer ses pantalons, de perdre ses affaires et de faire pipi tout autour des toilettes, il passait son temps libre à faire ses devoirs. Parfois même, il les faisait deux fois.

Ce comportement l'isola de ses camarades. Il devint un objet de moquerie. On raillait son visage sérieux. Pire, on s'amusait à lui faire porter le chapeau pour des bêtises qu'il n'avait pas commises ! Aussi, il nourrit peu à peu une soif de vengeance à l'encontre des auteurs de bêtises. Grâce à la merveilleuse mécanique du Pèse-claques, la justice serait enfin rétablie ! Les véritables coupables à fossettes et caries seraient démasqués et les innocents, ceux qui se savonnent derrière les oreilles, seraient lavés de tout soupçon. Oui, enfin, la vie de M. Kam'lott allait pouvoir changer !

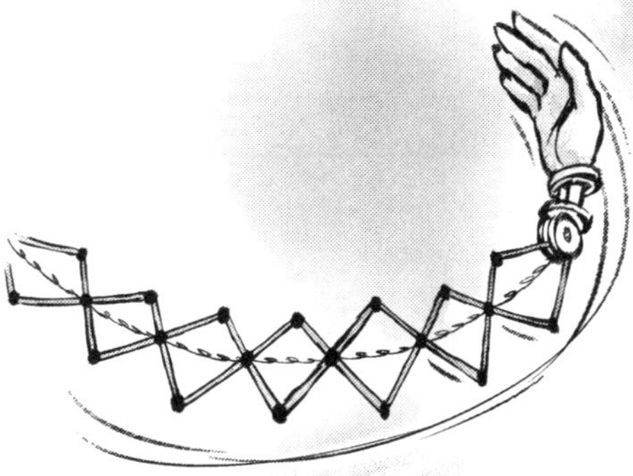

CHAPITRE 3

La Journée sans dessert arriva promptement. M. et Mme Gratteloup ramenèrent leur fille au Pèse-claques avec leur ticket gratuit, malgré ses résistances. Comme les autres enfants, on l'avait attachée. C'était d'autant plus utile que la privation de dessert avait accentué la mauvaise humeur des moins de douze ans, tout en renforçant la bonne humeur des adultes, qui avaient double ration.

Tabatha semblait résignée à son sort. Ficelée comme un gigot, elle se laissait transporter dans une brouette poussée avec le plus de délicatesse possible par sa mère. Cette dernière trouvait que son mari en faisait trop, mais elle souhaitait faire comme tout le

monde. Il fallait avoir une autorité parentale sur ses enfants, de n'importe quelle façon.

Il y avait trois fois plus de spectateurs que lors de la première représentation du Pèse-claques. Le bavardage réjoui des uns et des autres avait fait son œuvre. Le pâté de maisons où était située la baraque paraissait moins dangereux. Même les chiens avaient meilleure mine. Bien qu'allant toujours cou nu, ils n'avaient plus l'air perdu. À voir leur tête, il semblait qu'on venait de leur distribuer des croquettes.

Chapitre 3

En chemin, Mme Gratteloup trouvait la brouette de plus en plus lourde. Tandis qu'elle s'arrêtait pour reprendre son souffle, elle s'aperçut avec stupeur qu'elle ne transportait plus sa fille, mais… M. Gratteloup ! Tabatha avait réussi à dénouer ses liens avant de ligoter son père !

Mme Gratteloup s'empressa de libérer son époux.

– Ce n'est pas trop tôt ! grommela M. Gratteloup.

– Je n'avais pas vu que tu étais là, s'excusa sa femme. Pourtant tu es beaucoup plus lourd que Tabatha ! Tu pèses une tonne ! Un vrai éléphant !

M. Gratteloup ne prêta pas attention à cette dernière remarque. Il fonça sur sa fille, qui libérait déjà d'autres enfants.

– Turbulente fillette ! tonna-t-il. Maintenant, ce sera toi la brouette !

Il attrapa Tabatha par les chevilles et l'obligea à parcourir sur les mains le reste du chemin menant au Pèse-claques.

À l'entrée de la baraque, les parents Gratteloup confièrent leur fille à un gros monsieur. Il s'appelait Barnabé et avait été engagé par M. Kam'lott.

Son rôle était de s'assurer que les enfants entrent dans la salle. L'homme était une masse rondouillarde dotée d'une force prodigieuse. Il rassembla les enfants en un groupe compact. À lui seul, il les poussa vers l'entrée qui leur était réservée. Les enfants tapèrent dans son gros ventre comme dans un punching-ball, avec leurs poings et leur tête. Mais le ventre était élastique et les enfants, au lieu de faire reculer Barnabé, rebondirent à travers l'ouverture qui menait à la baraque. Tabatha préféra s'aplatir au sol. Elle parvint à se faufiler entre les pieds du bonhomme. Mais une autre paire de jambes lui barra la route. C'était M. Kam'lott, qui vérifiait que Barnabé faisait correctement son travail.

– Il commence à m'embêter, ce cornichon ! pesta Tabatha.

Elle lui mordit le mollet de toute la force de ses dents de lait et s'enfuit en courant. Le bonimenteur s'écria en se tenant la jambe :

– Un lala… un lalala… un lapin m'a mordu !

Puis, apercevant la petite fille :

– Z… zut ! Une vedette de moins !

M. Gratteloup se rendit compte que Tabatha n'était pas avec les autres enfants sur le plongeoir. Il ressortit aussitôt. Où pouvait bien être sa fille ? Il la chercha dans le campement en s'égosillant :

– Tabatha ! Tabathaaaa ! Reviens ici, nom d'un cancrelat !

Mais le spectacle allait bientôt commencer. Il tourna les talons, déçu, et rentra s'asseoir avec sa femme.

*

Tabatha, cachée derrière une caravane, cessa de retenir sa respiration.

– Ouf, je l'ai échappé belle ! souffla-t-elle.

C'est alors que surgit devant elle un garçon de son âge.

– Pourquoi tu te caches ? demanda-t-il.

– Mon père veut m'obliger à entrer dans le Pèse-claques.

Le visage du garçon s'assombrit.

– Tu as fait beaucoup de bêtises ?

– Oh oui ! Des tas ! affirma Tabatha sans hésiter.

– Des grosses ? insista le garçon.

– Des énormes ! Rien qu'aujourd'hui, j'ai saucissonné mon père… mais c'est lui qui a commencé ! Ah ! et puis à l'instant, j'ai mordu M. Kam'lott.

À ces mots, le garçon ne put s'empêcher de sourire.

– M. Kam'lott ?

– Oui ! Le grand dadais, là, qui tape les enfants… Rutabagas ! Il m'énerve, celui-là !

Tabatha s'interrompit un instant pour examiner le garçon. Elle demanda :

– Toi aussi, tu t'es enfui du Pèse-claques ?

Le garçon hésita, puis il se mit à cligner étrangement des yeux. Finalement il dit :

– Moi ? Non… Pas besoin. Je ne fais jamais de bêtises.

Tabatha l'observa un moment en silence. Cette façon de cligner des yeux n'était pas naturelle. Quant à ce qu'il disait, elle se demandait si elle devait y croire. Elle s'exclama :

– Jamais de bêtises ? Soupe d'artichaut ! C'est pas très rigolo !

Elle planta là l'inconnu et courut s'installer derrière la baraque pour observer ce qui s'y déroulait, à travers une fente. Un garçon nommé Joachim sauta dans le toboggan. Il n'avait fait que deux petites bêtises, également appelées « broutilles » par la machine. Un soir, il avait brossé les dents du chien au lieu des siennes. Et aussi, il avait dessiné sa tante avec une barbe, parce qu'elle en avait vraiment une. Il ne reçut, en tout et pour tout, qu'une petite tape sur les fesses. Quelques rires nerveux s'échappèrent de bouches mal fermées. Dorothée, quant à elle, avait fait caca au lit toute la semaine. Elle reçut, sur ces révélations, deux grosses claques et alla bouder au dernier rang, en pleurant à torrent. Puis ce fut le tour de Victor. C'était un enfant toujours de bonne humeur, qui adorait par-dessus tout se déguiser. Il n'avait fait, de la semaine, qu'une seule bêtise. Néanmoins il s'agissait, selon la science de la machine, d'une TRÈS TRÈS GROSSE BÊTISE, c'est-à-dire le degré de bêtise le plus élevé. Il avait ôté ses vêtements au beau milieu de la rue pour aller se promener nu, l'air réjoui.

– Cette très très grosse bêtise, ânonna la voix à l'accent hongrois, est égale à six kilos quatre-vingt-dix-neuf grammes de bêtises… ce qui nous fait… sept très grosses claques.

Victor les reçut sans crier et sans verser une larme. Ses joues faisaient « flac flac flac » sous les allers-retours de la main mécanique. Il tourna comme une toupie avant de s'étaler de tout son long sur la scène. Les enfants frissonnèrent.

– Wouah, elles étaient fortes, celles-ci ! dit une petite fille, sur le plongeoir.

– C'est pas des blagues… Les claques, c'est pour de vrai ! dit un petit garçon qui, brusquement, se rendit compte de ce qui l'attendait.

Tandis que Barnabé transportait l'enfant jusqu'à ses parents, le bonimenteur se gratta le nez et cria :

– Au suivant !

Dans le public, une mère attendrie émit des doutes sur la punition exercée contre Victor.

– Un enfant qui va nu, comme si le monde était une grande salle de bains, c'est un tout petit rien…

Mais la majorité n'était pas de cet avis. C'était idiot, c'était bizarre, c'était… interdit ! On réveilla Victor et on resta assis, les bras croisés, en attendant avec une curiosité croissante le prochain étalage de bêtises.

La petite fille suivante était Léane, neuf ans. En avance sur son âge, elle était plus grande et plus forte que ses camarades. Elle sauta dans le Pèse-claques, l'air sûr d'elle et un fin sourire aux lèvres. Ses bêtises défilèrent sur les écrans. Léane avait notamment truffé de pétards l'étagère du supermarché sur laquelle étaient rangées les conserves d'épinards. Sa mère en achetait avec assiduité.

Quand les pétards explosèrent, une épaisse purée verdâtre inonda le carrelage du rayon. Le pied de la mère glissa. Elle se débattit pour se relever, se transformant peu à peu en un monstre vert qui effraya toute la clientèle. Le Pèse-claques conclut à une punition de trois fessées pour l'ensemble des bêtises et, pour les pétards, de trente-deux petites claques, une par boîte d'épinards. Quand la main sortit de la machine, on eût dit que Léane l'attendait. Avant que les doigts ne l'atteignent, elle se baissa, agile comme une boxeuse, et frappa du poing en soufflant :

– Bouh !

Les spectateurs poussèrent une exclamation de surprise. La main se mit à pendre comme un jouet désarticulé et Léane laissa s'épanouir sur son visage une expression guerrière. Elle leva les poings face au public, en signe de victoire, et salua les enfants qui l'applaudissaient. Mais son manque de vigilance la perdit. La main, douée d'une intelligence malicieuse, feignait seulement d'être sonnée. Tout doucement, elle revint à la charge. Elle attrapa brusquement Léane par un pied, improvisant des chatouilles irrésistibles qui firent se tortiller de rire la championne. La main fourra ensuite un doigt dans le nez de Léane et, profitant de son avantage, administra les claques.

– Rira bien qui rira le premier, lâcha un spectateur, rassuré.

– Pan ! Dans les dents ! chantonna un autre joyeusement.

Tabatha n'avait rien manqué de la scène et elle était ravie de la réaction de Léane. Un instant, elle crut qu'il était possible de contrer le Pèse-claques, en rendant les coups. Mais ça n'avait pas marché. La solution était ailleurs.

« Ils vont voir qui est le plus malin, pensa-t-elle, d'un enfant ou de ce grand bidule. »

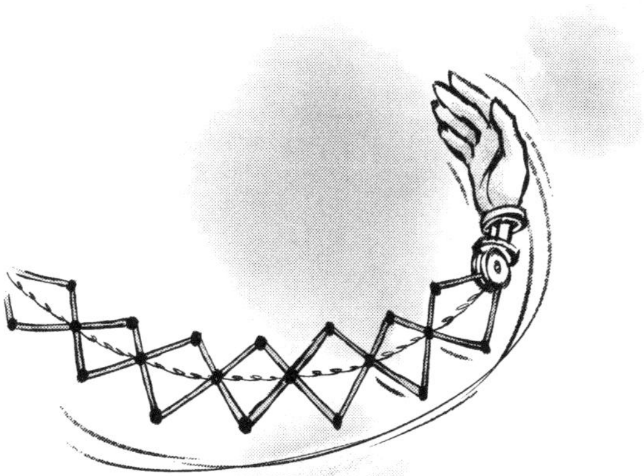

CHAPITRE 4

Peu de temps après, M. Kam'lott reçut dans sa caravane un courrier inattendu. Le comité de quartier de Malappris l'invitait à déplacer sa baraque et à l'installer sur la place principale. Car d'après les propos de spectateurs influents et influençables, le Pèse-claques était *« une merveilleuse trouvaille »* qui enchantait autant les petits que les grands, enfin surtout les grands. L'invention avait démontré *« un rôle flagrant d'utilité publique »*. Il était donc du devoir du comité de *« rendre la machine accessible au plus grand nombre »*. On prévoyait aussi de lancer une campagne d'information dans les établissements scolaires de la ville. Les enfants les plus chahuteurs bénéficieraient d'un abonnement annuel, aux frais de la mairie !

M. Kam'lott lisait et relisait le courrier. Il jubilait. Lui qui avait tant travaillé à son invention voyait ses efforts récompensés au-delà de ses espérances ! Son ambition était de punir le plus de bêtises possible. Cela donnait du sens à sa vie passée à être sage. À quoi cela servait d'avoir été un petit garçon exemplaire si les enfants désobéissants n'étaient pas punis ? Il fallait venger l'enfant qu'il avait été, aussi malheureux qu'une tartine sans beurre ni confiture.

Pour ne pas enlaidir la place Guillotine, nom de la grand-place de Malappris, le comité de quartier offrit à M. Kam'lott une coquette somme. La cabane brinquebalante fut donc entièrement remaniée. Les matériaux hétéroclites qui la composaient furent remplacés par du plastique. De l'avis de M. Kam'lott, c'était du dernier chic. De couleur blanche, symbole de l'innocence, la nouvelle construction était tout en rondeurs et surmontée d'un toit violet percé de lucarnes de zinc vert. Le résultat final était impressionnant. De loin, on croyait voir un gros navet.

CHAPITRE 4

M. Kam'lott abandonna la caravane qu'il habitait dans le terrain vague. Il se fit construire, dans les combles de la nouvelle salle, un logement confortable.

L'attraction devint vite, pour l'ensemble des parents de Malappris, une habitude indispensable. Elle faisait partie de leur vie, au même titre que les réunions de parents de cancres, les goûters furibonds d'anniversaire ou les rendez-vous chez le dentiste. Les hommes patibulaires avaient profité de la notoriété du Pèse-claques; ils étaient devenus d'heureux vendeurs de gourmandises. Leurs étals colorés regorgeaient de chocolatines, de bonbons à la vanille et de nougatines; ils égayaient la place Guillotine. Les chiens avaient pris un bain et arboraient des colliers de toutes les couleurs. Ils regardaient les friandises en bavant.

Tabatha fut forcée d'accompagner ses parents à la nouvelle salle. Ce week-end-là, elle trottait entre son père et sa mère.

– Je te préviens, ma fille…, siffla M. Gratteloup entre ses dents. Cette fois, pas question que tu te défiles!

Bonbons

LE PESE-
CLAQUES
Entrée

Les parents de Tabatha tenaient fermement ses petites mains dans les leurs. Cependant ils ne purent pas forcer leur fille à se tenir tranquille, ni à garder sa langue dans sa poche. Leur arrivée au Pèse-claques fut donc marquée par des cris.

– Li-bé-rez les en-fants ! Li-go-tez les pa-rents ! scandait Tabatha.

Lorsque M. Kam'lott l'entendit, il fit signe à son homme de main. Ce dernier attrapa Tabatha par les pieds et la renversa sur son épaule, au grand soulagement de M. Gratteloup.

– Lâche-moi, roi des bananes ! s'exclama Tabatha.

Elle semblait minuscule comparée à Barnabé. Sans broncher, l'homme transporta Tabatha à l'intérieur de l'innovante salle de spectacle.

Sur le plongeoir, une foule grossie d'enfants faisait la queue. Pour tenir tous, ils s'étaient empilés les uns sur les autres. Certains ne posaient qu'un pied, ou qu'une fesse. D'autres s'agrippaient à la planche du bout des doigts, leur corps se balançant dans le vide. M. Kam'lott avait eu l'idée d'améliorer l'entrée des enfants afin de prévenir toute tentative d'évasion. Ainsi, une herse métallique, comme il en existe dans les châteaux forts, se refermait derrière eux lorsqu'ils pénétraient dans la salle. Un tourniquet permettait de continuer à faire entrer les nouveaux arrivants, tandis que ceux qui étaient déjà à l'intérieur ne pouvaient ressortir qu'en passant dans la machine. Tabatha se résigna à grimper à l'échelle et M. et Mme Gratteloup virent enfin leur fille sur le plongeoir. La jeune fille avait le cœur qui battait à tout rompre. Elle regarda les autres enfants descendre dans la machine pendant que M. Kam'lott écartait les bras pour montrer la salle neuve.

– Mamie, dit-il, une larme au coin de l'œil, regarde, c'est pour toi, tout ça… Si tu m'entends… je suis bien sage, tu vois ? Ce sont les autres enfants qui font des b… bêtises…

Les spectateurs se retournèrent, cherchant dans les gradins la dame en question, qui n'était pas là. M. Kam'lott se rendit compte qu'il avait parlé à sa grand-mère devant les spectateurs. Or elle n'était plus de ce monde. Il rougit, gêné. Derrière lui, Baptiste recevait une fessée pour avoir chanté à tue-tête à trois heures du matin : « Ah ! les crocrocro… les crocrocro… les crocrodiles… »

Il prétendait faire fuir ses cauchemars, mais il avait surtout réveillé toute sa famille.

Un enfant, sur le plongeoir, remarqua :

– Ben, c'est pas une bêtise ! Les chansons font fuir les cauchemars, tout le monde sait ça !

– Oui, confirma un autre, surtout si on chante bien fort. Si on chante trop doucement, ça ne marche pas.

– Moi, remarqua un troisième, je saute sur mon lit en même temps, au cas où il y aurait aussi un monstre sous le matelas.

La machine, songèrent-ils, ne connaissait vraiment rien à rien.

Quand vint le tour de Tabatha, M. Kam'lott leva les yeux vers le plongeoir pour la première fois de l'après-midi. Tabatha croisa les bras.

– Je ne descendrai pas dans le Pèse-claques, annonça-t-elle. Après vous, vilain M. Kam'lott !

Sa petite voix ne parvint qu'aux spectateurs du premier rang. Ceux-ci transmirent l'information à l'oreille aux spectateurs qui se trouvaient juste derrière eux, qui eux-mêmes transmirent l'information au rang suivant, et ainsi de suite. Si bien qu'au dernier rang on comprit que Tabatha avait prononcé la phrase suivante : « Je ne descendrai pas dans le presse-vache. Après vous, vilaine culotte ! »

La moitié des parents était indignée, l'autre riait sous cape, cachant un affreux manque de sérieux.

M. Kam'lott n'entendait rien de ce qui se marmonnait au fond de la salle. Il afficha un sourire mauvais et claqua des doigts à l'attention du grand chat qui se tenait toujours posté au début du plongeoir. L'animal, les poils hérissés, avança en crachant vers Tabatha. Sans bouger d'un pouce, Tabatha le toisa.

– Tu ne me fais pas peur, matou.

Comme le chat venait trop près, elle tapa du pied en disant :

– Pschitt ! Arrête de te prendre pour un lion !

Et elle le fixa avec une mine autoritaire.

– Miaou, fit le chat.

– Tu es un très beau chat, dit Tabatha. Très grand, mais très beau. Tu n'es pas obligé d'être une terreur, tu sais ?

Et elle s'assit à côté de lui. Au grand étonnement de l'assistance, le chat se mit à ronronner en se frottant à elle. Des rires fusèrent. Cependant un homme se leva dans le public, bouillant de rage. C'était le père de Tabatha. Il avait honte de sa fille qui n'obéissait pas aux règles et qui, selon lui, faisait son intéressante. Il sortit du gradin d'un pas décidé et grimpa à l'échelle. Tabatha ne bougea pas pour autant. Elle caressait le chat qui continuait de ronronner très fort.

Sur le plongeoir, M. Gratteloup avança vers Tabatha. Le chat se mit à battre nerveusement de la queue.

– Maintenant, ça suffit ! s'écria M. Gratteloup. Pour qui te prends-tu ? Tu vas descendre dans le Pèse-claques, comme tout le monde !

– Comme tout le monde ? Eh bien ! tu n'as qu'à y aller, toi ! se révolta Tabatha.

En s'approchant, le père marcha sur la queue du chat. L'animal miaula, davantage comme un fauve que comme un chat :

– Graourrr !

Puis il bondit sur les fesses de M. Gratteloup et mordit dedans. Les spectateurs étaient affolés, ils s'agitaient sur leur siège et parlaient tous en même temps.

– Ce Crapote a une drôle de façon de nourrir son chat, dit une dame, interloquée.

– Surveillez votre panthère, elle est en train de manger un monsieur ! s'indigna une autre.

Un père de famille s'inquiéta :

– Les parents aussi doivent participer ?

Dans une tentative désespérée de fuir les crocs du chat, M. Gratteloup trébucha. Il plongea la tête la première dans le toboggan et disparut dans le Pèse-claques. Tabatha suivit le chat et s'enfuit du plongeoir, puis de la salle de spectacle, par un passage connu uniquement du félin. Mais personne ne remarqua son absence. Car l'attention de tous se portait vers le Pèse-claques qui venait d'avaler pour la première fois… un adulte.

La panique gagna M. Kam'lott. Il se rua sur les commandes et tenta de stopper la machine. Il poussait des couinements plaintifs à la façon d'un canard de bain, et appuyait de toutes ses forces sur une pédale qui restait visiblement bloquée. Ses efforts ne servirent à rien. Le processus était enclenché. Tandis que M. Gratteloup voyageait dans les tuyaux en poussant des râles, la machine soufflait et gémissait, comme lorsqu'on a avalé un trop gros morceau de nourriture qui menace de rester coincé. M. Kam'lott observait sa création avec impuissance. Ses genoux flageolaient, secouant tout son corps jusqu'à ses dents, qui faisaient un bruit de castagnettes.

– Oh là là ! Ce n'était pas prévu au drame… je veux dire, au programme ! bafouilla-t-il.

CHAPITRE 5

Après de tonitruants gargouillis de ferraille, le public put observer la première bêtise de M. Gratteloup : il était arrivé une demi-heure en retard à son travail. Et cela, quatre fois dans la semaine, qui comportait cinq jours travaillés. Le cinquième jour, il ne s'était pas levé. À la place, il avait regardé les mouches depuis son lit. S'ensuivit une liste de bêtises de tailles variées.

Un jour, M. Gratteloup avait piqué une colère théâtrale chez lui ; il avait jeté toute sa vaisselle par la fenêtre, assommant le facteur qui passait par là. Il avait également fait un pet dans le bus et accusé quelqu'un d'autre, collé une crotte de nez sous la table de sa mère, et dépensé toute sa paye dans une moto au prétexte qu'elle était décapotable. Il avait aussi foncé la tête la première dans un poteau uniquement pour voir une femme de plus près ! Puis il s'était mis au rock et avait tapé sur des casseroles, si bien qu'on ne pouvait plus cuire de pâtes dedans, avait bu beaucoup trop d'alcool au point de voir un hippopotame rose devant chez lui... Enfin, il avait fait tant de bêtises que la machine ne les révéla pas toutes. Le mécanisme surchauffait à l'énoncé de toutes ces idioties de grande personne.

Cet incroyable déballage gêna horriblement Mme Gratteloup. Elle transpirait à grosses gouttes sur son siège. « Nous serons les rillettes du quartier », songeait-elle, ce qui signifiait qu'on se moquerait d'eux. Les spectateurs, heureux qu'on montre les histoires d'un autre et non les leurs, riaient aux larmes. Finalement, le Pèse-claques recracha M. Gratteloup en même temps que des bouts de tuyaux, comme qui se casse une dent sur un caramel trop dur.

La machine conclut à huit moyennes bêtises, cinq grosses bêtises et dix TRÈS TRÈS GROSSES

BÊTISES, ce qui équivalait à cent kilos et quarante-et-un grammes de bêtises !

– Nous atteignons… un total de cent grosses fessées et… quarante-et-une claques… bien fortes, fit la voix, presque essoufflée par le poids écrasant des bêtises.

C'était plus que ce que l'ensemble des enfants avait reçu, réunis.

M. Gratteloup était furieux. Il voulut se dégager, mais la machine le rattrapa par le pantalon, inclina son buste vers l'avant, et commença à distribuer les fessées. Quand elle eut fini, elle se saisit du col de M. Gratteloup et lui flanqua les claques. Le père de Tabatha se débattait en braillant. On aurait dit un cochon qu'on égorge.

– Arrêtez cette machine ! Tout de suite ! Monsieur le bonimenteur, ça suffit ! Asseeeez !

Comme M. Kam'lott ne venait pas à son secours, il l'invectiva :

– Libérez-moi tout de suite, espèce de dindon mal farci !

Le public assistait, semblait-il, au meilleur spectacle de l'année. Les rires étaient intarissables. Si bien que M. Gratteloup finit par en vouloir aussi aux spectateurs :

– Ah ! vous trouvez ça drôle ? Je vous en ficherai, moi, des claques, à tous autant que vous êtes ! Tas de coquillettes périmées ! Crottes de poney radioactives ! Vomi gigotant !

Au bout des cent fessées et quarante-et-une claques, la machine fit un petit « clic » et s'éteignit.

M. Gratteloup, les joues en feu et les fesses endolories, retourna auprès de sa femme.

– Ma machine ! s'écria M. Kam'lott. Vous me l'avez cassée avec vos bê… vos bêtises plus grosses que vous !

Constatant l'étendue des dégâts, la mort dans l'âme, il annonça :

– Messieurs dames… les représentations du P… du P… du Pèse-claques sont annulées… pour une durée indéterminée.

Un grognement de déception monta des gradins, suivi de protestations.

– Annulées ? Quelle horreur ! s'ahurit un spectateur.

– En effet, c'est impossible ! hurla-t-on.

– Inacceptable ! beugla un couple, au bord de la dépression nerveuse.

– C'est méchant ! conclut un enfant de cinq ans, qui singeait ses parents.

– Maintenant, se révolta une dame au chignon parfait, comment ferons-nous pour savoir lequel de nos enfants a fait une bêtise ?

Elle avait déjà oublié comment elle procédait avant le Pèse-claques. Elle n'obtint pas de réponse, car M. Kam'lott s'était déjà retiré dans les coulisses. Il avait le moral dans les chaussettes. On lança des regards furieux en direction de M. Gratteloup. Il avait cassé l'attraction préférée des parents de Malappris ! Le père de Tabatha, penaud, quitta la salle.

*

Au même moment, à l'extérieur, Tabatha se retrouva nez à nez avec le garçon qui lui avait parlé la fois précédente.

– Je m'appelle Octavio, dit-il.

Il était le portrait craché de quelqu'un qu'elle connaissait.

– Tu ne serais pas le fils du bonimenteur, par hasard ? demanda-t-elle.

Octavio hésita un moment en clignant des yeux, comme il le faisait chaque fois qu'il s'apprêtait à mentir. Mais il changea d'avis et il dit la vérité :

– Oui, M. Kam'lott est bien mon père.

Tabatha fronça les sourcils, mécontente.

– Coings en compote ! Le Pèse-claques est une invention idiote !

– Peut-être que mon père a fabriqué une machine idiote, rétorqua Octavio, mais si tu veux mon avis, ceux qui l'applaudissent sont triplement idiots !

– Ça, c'est vrai, admit Tabatha.

Soudain, elle songea que, comme le chat, Octavio était beau.

– Si seulement les adultes n'existaient pas, soupira Octavio, on pourrait faire tout ce qu'on veut !

– Ça t'est égal, à toi, puisque tu ne fais jamais de bêtises…, fit observer Tabatha. Tu ne risques pas de passer à la moulinette !

Octavio était gêné. Il finit par avouer :

– Si, moi aussi, j'en fais… des bêtises.

– J'en étais sûre ! Tope-là ! dit Tabatha.

Et elle tendit sa main à Octavio. Il topa dedans avec l'aplomb d'un chenapan.

Un doute subsistait dans l'esprit de la jeune fille.

– Mais alors, toi aussi, on t'envoie dans le Pèse-claques ?

– Non, répondit Octavio. Mon père croit que je suis un enfant modèle.

Il mima un air sage qui lui donnait l'air niais. Tabatha éclata de rire.

– Quand il a construit le Pèse-claques, je l'ai aidé, expliqua Octavio. C'est comme ça que j'ai découvert une faille, à l'intérieur du système. Il suffit de…

Mais soudain, alors qu'il s'apprêtait à révéler la faille, on entendit M. et Mme Gratteloup hurler :

– Tabatha ! Tabathaaaaa !

La jeune fille tendit l'oreille.

– Oh, zut ! Il faut que j'y aille. Ils ont pas l'air de rigoler… À bientôt !

Elle s'éloigna en courant. Octavio eut juste le temps de lui lancer ce mystérieux conseil :

– Surtout… ne te laisse pas tirer les cheveux !

Tabatha crut que cela concernait la punition qui l'attendait, pour s'être échappée une fois de plus.

– Qu'ils essaient, pour voir ! Barbamouche ne me fait pas peur ! cria-t-elle à Octavio en ricanant.

Puis elle marmonna pour elle-même, ravie :

– Alors comme ça, il y a une faille dans le Pèse-claques ! J'ai hâte de la trouver, celle-là… Pot-au-feu ! Voilà un nouveau jeu !

Octavio la suivit du regard, très content de s'être fait une nouvelle amie. Il se demanda toutefois si elle avait bien compris son conseil.

M. et Mme Gratteloup ne se querellèrent pas avec leur fille, mais l'un avec l'autre. De retour à la maison, Mme Gratteloup éclata.

– Trop, c'est trop ! M. Gratteloup, tu as l'air d'un âne !

Elle n'avait jamais eu aussi honte. M. Gratteloup avait les joues rouge vif, moins parce qu'il avait honte qu'à cause des claques qu'il venait de recevoir. Il grommela :

– C'est la faute de Tabatha. C'est elle qui aurait dû aller dans le Pèse-claques.

– Mais pourquoi y tiens-tu tant, à la fin ? s'impatienta Mme Gratteloup.

– Voyons… pour la punir ! N'as-tu pas envie qu'elle soit sage comme une image ?

Sa femme lui jeta un regard noir.

– Oui, parfois je voudrais qu'elle arrête de gestibouger ou de composter dans mon dos. Mais ce n'est pas possible parce que c'est ce que font tous les enfants. Ce Pèse-gifles doit venir d'une autre planète, pour ne pas savoir ça !

M. Gratteloup remarqua :

– Tabatha n'est pas une enfant ordinaire, c'est une véritable tornade !

– Une tornade, oui, mais elle a de qui tenir ! répondit sa femme abruptement. Souviens-toi ! Tous les deux, on était de vraies sacripouilles ! Toi, surtout.

Elle se mit à raconter :

– Tu te rappelles la fois où tu avais avalé de la peinture avant de la recracher par le nez, sur le pull de Mme Parcœur ?

M. Gratteloup eut un léger sourire.

– Et la fois où tu avais mis de la crème dépilatoire dans le savon, chez toi ? La moustache de ton père était partie avec l'eau du bain !

Cette fois, M. Gratteloup éclata de rire. Il prit le relais :

– Et la fois où tu avais eu l'idée de faire voler un poulet rôti ? Il avait atterri dans la tête du commissaire ! Du coup, son chien l'avait mordu ! À cause de l'odeur, il voulait manger son maître.

Mme Gratteloup riait aux larmes, imitée par son mari.

– C'est à cause de nous que le quartier s'appelle Malappris, fit-elle remarquer.

– Tu crois ?

– Depuis le coup du poulet !

Mme Gratteloup redevint sérieuse.

– Et aujourd'hui, regarde-toi ! Monsieur fricote avec ce clown, ce beau-parleur, ce... M. Compote !

– Mais..., se défendit M. Gratteloup, ce n'est pas moi qui...

– Quand nous attendions la naissance de Tabatha, l'interrompit Mme Gratteloup, nous voulions une héritière ! Une reine des sornettes, une professionnelle des grimaces, une pirate de cour d'école, une apprentie sorcière, une sauvageonne aux pieds nus ! Maligne comme une renarde, chapardeuse comme une pie... et tout le tralala !

– Moui..., admit M. Gratteloup, à contrecœur.

Puis il ajouta :

– Et Tabatha est née. Rappelle-toi, on avait tout le temps peur qu'elle se fasse mal, ou qu'elle se perde. Ou... qu'elle se fasse renvoyer de l'école ! C'est pour ça qu'on a changé d'idée. On a essayé de la rendre sage. Il faut bien la protéger des dangers qu'elle crée, avec ses bêtises !

– Pourtant, on a beau essayer de dompter son énergie, observa Mme Gratteloup, Tabatha ne tient pas en place. Exactement comme nous au même âge. Pour ce qui est de tout chambouldinguer sur son passage, personne n'arrive à la cheville de notre fille !

Elle remarqua cela d'une voix joyeuse, comme s'il s'agissait d'une victoire. Oui, elle se réjouissait que sa fille soit elle aussi une véritable sacripouille.

– Peut-être qu'elle nous ressemble un peu…, dit M. Gratteloup, qui tentait de minimiser la chose. N'empêche, j'aimerais mieux qu'elle se tienne tranquille.

Il n'avait pas du tout envie que sa fille soit aussi agitée qu'il avait pu l'être. C'était bien trop fatigant, car maintenant c'était lui, le père. Et puis, il n'avait pas digéré l'humiliation du Pèse-claques. Globalement, il trouvait que sa fille se moquait un peu trop de lui. Si ses bêtises faisaient rire sa femme, c'était parce qu'elle n'était jamais directement visée. Il échafaudait déjà un plan pour ramener Tabatha au Pèse-claques, dès qu'il serait réparé. En cachette de Mme Gratteloup, bien sûr.

Et l'occasion allait se présenter, plus tôt qu'il ne l'espérait…

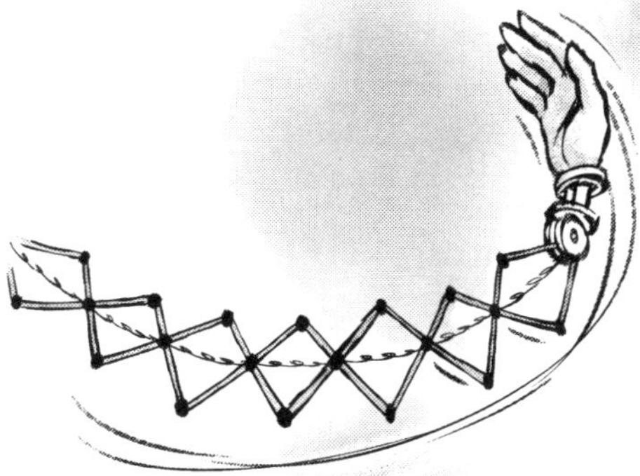

CHAPITRE 6

La popularité du Pèse-claques était telle que dorénavant, quand les enfants faisaient une bêtise, ils s'entendaient dire :

– Tu verras quand le Pèse-claques le saura…

Comme un fantôme que l'on croit entrevoir dans le pli d'un rideau ou un monstre que l'on imagine grogner au fond d'un placard, la machine hantait les esprits des enfants. Il n'y avait aucune façon d'échapper aux punitions. Ou alors… il fallait ne plus jamais faire de bêtises ! Ne plus manger ses crottes de nez, ne plus regarder à travers les trous des serrures, ne plus gribouiller sur les murs, ne plus dire de gros mots, mettre sa serviette, se tenir à carreau, rester assis, couché, debout. Qui pouvait tenir ce programme ? Tous les enfants, comme Tabatha, espéraient que le Pèse-claques était irréparable.

Cependant, par un après-midi pluvieux, les habitants de Malappris virent Barnabé distribuer des tracts. La machine fonctionnait à nouveau et une représentation aurait lieu le week-end suivant ! Les parents réservèrent aussitôt leurs billets, au comble de l'excitation.

Le jour venu, tandis que Mme Gratteloup faisait la sieste, M. Gratteloup sortit sur la pointe des chaussures… avec Tabatha. Il l'avait capturée et fourrée dans un sac, dans lequel il avait percé de petits trous afin qu'elle puisse respirer.

– Écoute-moi bien, graine de bagnarde…, dit-il pendant qu'il marchait vers la place Guillotine.

– Bagnarde… comme dans « pain bagnat », le sandwich au thon ? l'interrogea Tabatha.

– Non, comme « bagnard », celui qui va en prison exécuter des travaux forcés. Mais tu as de la chance, les bagnes n'existent plus.

– Je le sais bien ! fanfaronna Tabatha, qui n'en savait rien du tout.

– Oui, eh bien ! ce n'est pas une raison pour faire autant de bêtises. C'est pour ça que je t'emmène au Pèse-claques. Tu vas y entrer, dans cette machine ! J'ai bien l'intention de faire de toi une petite fille sage.

Soudain, Tabatha comprit à quel point son père tenait à ce qu'elle entrât dans la machine et cela la rendit triste. Elle lui lança, depuis l'intérieur du sac :

– Laisse-moi sortir, Barbamouche !

M. Gratteloup vérifia qu'aucune mouche n'était restée coincée dans sa barbe. Il en trouva deux, les ôta, puis il entrouvrit le sac.

– Tu dis des sottises ! Je n'ai jamais de mouches dans ma barbe, arrête de m'appeler comme ça !

Tabatha, se glissant à travers l'ouverture, bondit pour s'échapper. S'ensuivit une bataille entre son père et elle. Tabatha tirait sur la barbe sans mouches et M. Gratteloup appuyait sur la tête de sa fille pour essayer de la remettre dans le sac. Ils se bagarraient toujours lorsqu'ils arrivèrent au Pèse-claques. Barnabé vint au secours de M. Gratteloup et poussa

Tabatha à l'intérieur de la salle. La herse en fer s'abaissa derrière elle.

– Méchant gorille ! grogna-t-elle à l'encontre de l'homme de main.

Puis elle se mit à réfléchir.

– C'est le moment de trouver la faille dont parle Octavio… Qu'est-ce qu'il a traficoté, celui-là ?

Elle devait absolument découvrir le talon d'Achille du dangereux mécanisme. Cela représentait pour elle un nouveau défi, ludique et en même temps vraiment terrifiant. Une émotion brûlante la parcourut des pieds à la tête tandis qu'elle grimpait à l'échelle. Et pour la deuxième fois, elle se retrouva sur le plongeoir avec les autres enfants.

M. Gratteloup était encore blessé par les moqueries de la foule suite à son passage dans le Pèse-claques. Il avait donc pris soin de se déguiser avant de partir de chez lui. Il avait revêtu un imperméable de détective et de fausses moustaches. Pour cacher ses yeux, il portait de grosses lunettes violettes qui dataient de son adolescence, quand il allait à des soirées disco.

Assis dans les gradins, il contenait difficilement son impatience de voir enfin sa fille subir l'attraction locale, comme il l'avait subie lui-même.

*

Quand le chat vit Tabatha, il alla se frotter contre ses jambes en ronronnant. Elle le caressa. La tendresse de l'animal la consolait de ses malheurs. Les autres enfants cessèrent d'avoir peur et caressèrent le chat à leur tour. Une petite fille dit :

– Comme il est moelleux…

Un petit garçon ajouta :

– On dirait un oreiller de poils.

Le grand chat ronronna de plus belle. M. Kam'lott les observait depuis la scène, ahuri. Il ne pouvait plus compter sur ce bougre d'animal.

– Si même les chats désobéissent, où va-t-on ! grommela-t-il, dépité.

Puis il commença.

– Ahem…, dit-il tout haut en se raclant la gorge, Messieurs dames, bonsoir ! Après une légère mé…

mésaventure, cette prodigieuse machine est à nouveau en état de nuire… euh… de marche !

Il sourit, heureux de la multitude d'yeux brillants tournés vers lui.

– Sans plus attendre, annonça-t-il, le premier enfant va sauter dans le to… toboggan !

Sur leur perchoir, les enfants tenaient un drôle de conciliabule. Natacha, qui était la plus petite, demandait à Tabatha :

– C'est toi qui as refusé de descendre dans la machine, la dernière fois ?

Tabatha acquiesça. Les autres enfants la regardèrent avec admiration.

Natacha déclara :

– Tu as eu bien raison ! Moi non plus, je ne veux pas descendre !

Elle croisa les bras, déterminée. L'un après l'autre, les enfants l'imitèrent.

Il y avait tout de même un problème. En bas, les adultes attendaient avec impatience que le premier enfant descendît. Parmi eux, M. Gratteloup, qui jouait nerveusement avec ses fausses moustaches et qui se demandait ce que Tabatha pouvait bien raconter. Il transpirait dans son imperméable, car il faisait chaud dans la salle bondée. M. Kam'lott demanda à Barnabé de monter sur le plongeoir afin de hâter les enfants. Mais Tabatha se leva et cria :

– Ne montez pas !

Barnabé, qui avait déjà un pied sur le premier barreau de l'échelle, s'arrêta net.

– Haricots plats ! J'y vais de ce pas ! déclara Tabatha.

Elle se rappelait sa conversation avec Octavio. Si un autre enfant avait pu trouver une façon de combattre la machine, elle serait bien capable de la découvrir aussi, nom d'un radis !

– Voyons, Octavio… Qu'est-ce que je sais de toi ? se demanda-t-elle. Que pour dissimuler tes bêtises, tu es doué. Le roi du mensonge !

Elle se sentait fin prête.

– Papa, regarde…, dit-elle en cherchant les yeux de son père dans le public, avant de sauter dans le Pèse-claques.

Chapitre 6

À ce moment précis, M. Gratteloup se souvint d'une bêtise de sa fille qui risquait de le mettre dans une position très embarrassante : la veille, Tabatha avait jeté par la fenêtre, en guise de boules puantes, les chaussettes de son père sur Mme Têtard. Cette dernière ne savait pas d'où avaient volé les chaussettes, aussi avait-elle fourré la paire malodorante sous le nez de tous les voisins, pour mener son enquête. Sans résultat. Mme Têtard était impatiente de découvrir, grâce au Pèse-claques, le propriétaire des chaussettes. Elle avait l'intention de lui faire honte devant tout le quartier. Le ventre de M. Gratteloup se serra. Il bondit sur son banc en criant :

– Arrêtez tout !

Trop tard… Tabatha avait déjà été engloutie par le Pèse-claques. Pourtant, rien ne se produisit. La machine resta muette et les écrans demeurèrent noirs. Un silence parfait régnait dans le public. Les spectateurs attendaient patiemment que quelque chose arrivât. M. Kam'lott se mit à ressentir une légère inquiétude. Que se passait-il donc ? C'était le calme plat. On entendit un moustique vrombir.

Sur leur planche, les enfants regardaient le trou noir, au bout du toboggan. Où était donc Tabatha ? La machine à claques était-elle devenue une machine à faire disparaître ? Ils frissonnèrent d'angoisse. Comme s'il avait eu la même pensée, M. Gratteloup se leva en sursaut.

– Dites, j'aimerais mieux que vous me rendiez ma fille, formula-t-il, oubliant qu'il s'était déguisé. Ma femme risquerait de mal le prendre.

Un brouhaha général s'ensuivit. On s'interrogeait. Qui était cet homme à l'accoutrement bizarre et aux interventions intempestives ? Et où donc était passée la petite fille ? M. Kam'lott, vers qui on se tournait, se mit à balbutier :

– Mais… mais je ne sais pas !

CHAPITRE 7

Quand Tabatha ressortit enfin de la machine, elle ne reçut aucune claque. Au lieu de cela, elle retomba délicatement sur la scène. La main ne bougea pas le petit doigt. Tandis que la jeune fille se tenait calmement debout, arborant un sourire radieux, des exclamations surgirent des gradins.

– Elle n'a donc fait aucune bêtise ! s'émerveilla une dame.

– C'est un miracle ! s'émut une autre.

M. Gratteloup lui-même n'en croyait pas ses yeux. Il ne pouvait pas s'empêcher, aussi inattendu que cela pût paraître, d'être très fier. Sa fille était un trésor d'ingéniosité. Elle avait réussi à déjouer les pièges de cette machine infernale. Il n'y avait pas d'autre explication ! Car contrairement à ce que les dames supposaient, Tabatha n'avait absolument pas été sage ! Il repensait à ce que sa femme avait dit : tel père, telle fille. Petit, lui non plus n'aurait jamais accepté de recevoir des claques de cette invention-là. Il aurait imaginé toutes les façons possibles d'y échapper ; s'il l'avait fallu, il eût sans hésiter fait de la pâtée avec le chat, assommé M. Kam'lott et démonté la salle. Dire qu'il avait tout fait pour obliger Tabatha à aller au Pèse-claques ! Mais elle enfreignait toujours les règles. C'était décidément la reine des trublionnes. Elle n'avait pas seulement égalé son père, elle l'avait surpassé. Pendant que M. Gratteloup réfléchissait de la sorte, depuis le plongeoir, les enfants observaient Tabatha. Ils ne comprenaient pas ce qui arrivait. Étienne, un garçon plutôt timide, s'enhardit et s'approcha du bord du plongeoir. Il demanda à Tabatha :

– Tu n'as fait aucune bêtise ?

– Bien sûr que si !

– Alors… c'est que la machine ne marche pas.

Chapitre 7

Comme il s'apprêtait à sauter avec insouciance dans le toboggan, Tabatha l'arrêta :

– Si, elle marche !

Elle se rapprocha du plongeoir pour ne pas que les spectateurs entendent.

– Il faut juste… que vous gardiez vos cheveux !

Les enfants s'étonnèrent. Tabatha jeta un coup d'œil prudent vers M. Kam'lott qui essayait d'écouter la conversation. Elle fit une phrase mystérieuse, pour qu'il ne comprît pas :

– Quand vous arriverez au salon de coiffure… videz vos poches et faites un cadeau au coiffeur.

Car voici ce qui s'était produit à l'intérieur du Pèse-claques : dès le moment où elle avait sauté du plongeoir, Tabatha s'était concentrée du mieux qu'elle pouvait. Elle devait trouver la faille qui permettait de se faire passer pour une enfant sage, comme Octavio. Elle avait découvert que le toboggan déposait les enfants dans une cabine. Là, il y avait un microscope et un écran. Alors qu'elle examinait les divers appareils, un bras mécanique avait surgi au-dessus de sa tête, tendant de petits ciseaux. Quand elle avait senti qu'on lui tirait les cheveux, Tabatha s'était laissé faire, intriguée, se demandant à quoi cela servait de la coiffer avant de lui donner des claques. Elle avait regardé le bras mécanique déposer sa mèche dans une soucoupe… lorsqu'elle s'était soudainement remémoré la phrase d'Octavio : « Surtout… ne te laisse pas tirer les cheveux ! »

Il ne parlait pas de se faire tirer les cheveux par les parents, mais par le Pèse-claques !

– Coulis de camembert ! C'est le moment d'agir ! Qu'est-ce que je dois faire ?

Déjà, ses cheveux étaient transportés jusqu'au microscope et sur l'écran apparaissaient les informations suivantes : « NOM : TABATHA GRATTELOUP, SEXE : FÉMININ, NOMBRE DE BÊTISES COMMISES CETTE SEMAINE : 47… »

– Malédiction ! s'était-elle exclamée. Mes cheveux caftent tout…

En effet, la machine utilisait les cheveux pour identifier l'enfant auquel elle avait affaire. Tabatha avait alors plongé la main dans sa poche. Elle y avait trouvé un morceau de son déjeuner.

– Du poisson pané, pouah…

Puis elle s'était précipitée vers le microscope et, à la place de ses cheveux, avait mis le poisson.

– Observe ça plutôt ! avait-elle ordonné à la machine.

Sur l'écran, les renseignements qui concernaient Tabatha s'étaient mis à clignoter… avant de s'éteindre. Le microscope avait peiné à déchiffrer le nouvel élément. Au bout d'un long moment, Tabatha avait pu lire : « NOM : CABILLAUD, SEXE : MASCULIN… »

– Ah ! tiens…

Ensuite, elle avait lu : « NOMBRE DE BÊTISES COMMISES CETTE SEMAINE : … »

– Si tu trouves cette information, t'es fortiche !

Mais le microscope avait eu beau chercher, il n'avait rien trouvé. Ce cabillaud mâle, apparemment, était un cabillaud modèle. Il n'avait, en tout cas, gardé aucune bêtise en mémoire.

Différents voyants, autour de l'écran, s'étaient allumés. Les recherches concernant le poisson s'avérant infructueuses, l'écran avait finalement affiché :

NOM :
CABILLAUD
PRÉNOM :
CHARLES
SEXE : ♂
NOMBRE DE
BÊTISES : 0
25
20
15
10
5
CABILLAUD

« NOMBRE DE BÊTISES COMMISES CETTE SEMAINE : 0 » Puis Tabatha avait été soulevée et projetée dans un tuyau qui ressemblait à un grand huit, sauf qu'elle était dans le noir. Elle avait parcouru de nombreuses boucles avant d'atterrir doucement sur la scène.

*

Sur le plongeoir, les enfants réfléchissaient à l'histoire de coiffure qu'avait racontée Tabatha. Ils chuchotaient, concentrés, comme des rugbymen dans la mêlée. M. Kam'lott, agacé, interrompit leur réunion en clamant :

– Au suivant !

Contrairement au public, le bonimenteur se posait des questions. Il était vraiment inquiet. Sa machine était-elle bel et bien réparée ? Il ne tarderait pas à le savoir... Quant à Tabatha, elle alla rejoindre son père dans les gradins, prête à affronter son courroux. Elle le trouva tout sourire.

– Tu as trouvé la faille, hein ? lui lança-t-il.

Tabatha était abasourdie.

– Tu as eu raison de ne pas te laisser faire, dit-il. Je me rends. Je ne t'emmènerai plus au Pèse-claques. C'est bien mérité, après ce que tu viens de faire. Tu as surpris tout le monde.

– Mille millions de brocolis ! s'exclama Tabatha, souriant à son tour. Ça, c'est une bonne nouvelle, dis !

– Et puis aussi, chuchota M. Gratteloup, je suis bien content que personne ne sache, pour les chaussettes…

– Tu veux dire, ce truc horrible et puant ? dit Tabatha en pouffant.

Sa tristesse s'était envolée. Elle regarda son père. Avec son imperméable, sa fausse moustache et ses lunettes violettes, elle le trouvait comique. Il avait l'air d'un petit garçon mal déguisé. Elle se dit qu'elle aurait bien aimé le connaître quand il avait son âge. Il avait dû être marrant.

– Les bêtises, il faut les faire quand on est enfant, après on n'a vraiment plus le droit, raisonna M. Gratteloup.

Il aurait aimé n'avoir pas grandi et être resté un enfant terrible du quartier.

Soudain, ils entendirent un bruit de glissade. Étienne venait de sauter dans le Pèse-claques. Comme pour Tabatha, les écrans restèrent noirs. Puis Marina, Natacha, Léo, Corentin et Suzanne descendirent à leur tour. Les enfants, chaque fois, évitèrent les claques. Au départ, ils ne surent pas comment interpréter les conseils farfelus de Tabatha. Mais une fois à l'intérieur de la machine, tous comprirent. Quand le bras articulé leur coupait une mèche de cheveux, il fallait s'empresser de la remplacer par n'importe quel truc qu'ils trouvaient dans leur poche. De cette façon, aucune bêtise ne leur était comptée. L'un avait donné au microscope une pelure de légume, l'autre une plume, les autres un caillou, de vieux chewing-gums, un papier gras, des ailes d'insectes arrachées… Ce qui faisait que la machine, au lieu des enfants, avait identifié : une courgette, un dindon, une montagne, du bubble-gum, des frites, des mouches… Aucune de ces choses, selon la science du Pèse-claques, ne s'était rendue coupable de bêtises la semaine qui avait précédé.

Octavio vint s'asseoir à côté de Tabatha. Il chuchota à son oreille :

– Et maintenant, que va-t-il se passer ?

Tabatha répondit en souriant :

– Hachis parmentier ! Maintenant, gare aux bruits qui courent… dans les cours… de récré !

C'était compter sans l'entêtement de M. Kam'lott.

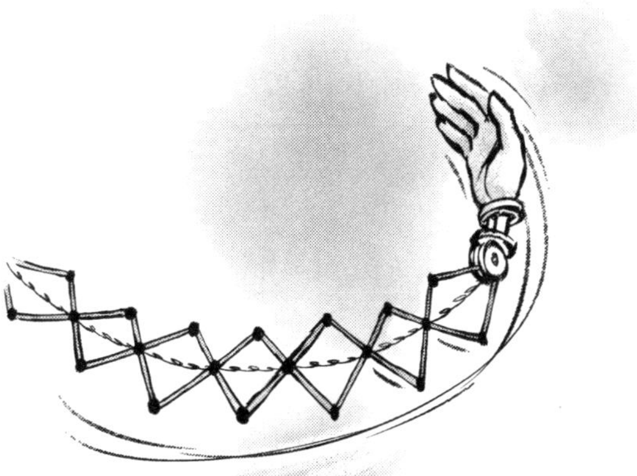

CHAPITRE 8

Le bonimenteur n'était pas homme à jeter l'éponge à la première difficulté. Il s'était donné pour rôle de faire régner la justice sur le monde des demi-portions. Le Pèse-claques était sa raison d'être. Il n'allait pas rester les jambes croisées, pendant que ces garnements échappaient aux punitions ! Lors du passage de Tabatha, il avait pensé que la machine avait eu un léger dysfonctionnement. Mais en voyant les autres enfants également exemptés de punition, il dut se rendre à l'évidence : le grand retour du Pèse-claques se transformait en un gigantesque bide.

Les spectateurs se mirent à protester.

– Le Pèse-claques se trompe, c'est évident !

– Il y a un os ! Ce sont là les pires sacripants !

Désemparé, M. Kam'lott était en train de balayer les gradins du regard quand il repéra son fils Octavio en grande conversation avec Tabatha. À côté d'eux, se trouvait M. Gratteloup, dont la moustache s'était décollée ! C'était l'imbécile qui avait cassé sa machine ! Il ne manquerait pas de lui réclamer un dédommagement. Et cette petite, qui avait inauguré le fiasco, ne pouvait qu'être sa fille. Que manigançait son fils avec ces deux-là ?

Comble du malheur, à la fin de la représentation, M. Kam'lott dut rembourser l'intégralité des spectateurs. Ils menaçaient, s'il s'y refusait, de lui donner des claques de leur cru. Dès qu'ils furent sortis, le bonimenteur prit son fils à part afin de l'interroger.

Octavio craignait son père plus que tout. Depuis des années, il s'était appliqué à inventer des histoires lui permettant d'échapper aux corrections ; il était ainsi passé maître dans l'art de mentir. Mais récemment, il avait perdu un peu de sa prudence, au contact de Tabatha. Elle le faisait rire et il enviait sa liberté. Quand son père le souleva de terre en le tirant par l'oreille, il commença par feindre l'innocence.

– Ce n'est pas moi, Papa !

En disant cela, il clignait nerveusement des yeux, comme chaque fois qu'il mentait. M. Kam'lott colla son front contre celui de son fils et plongea ses yeux dans les siens.

– Ce n'est pas toi qui… quoi ?

Il reposa son fils au sol.

– Qu'est-ce que tu n'as pas fait ? Raconte.

Curieusement, quand M. Kam'lott s'adressait à Octavio, il ne bégayait jamais. Octavio continuait de cligner des yeux.

– Ce n'est pas ma faute si le Pèse-claques n'a pas trouvé de… bêtises… aujourd'hui.

– Je t'ai vu, avec la petite Tabatha et son andouille de père, dans les gradins ! Qu'est-ce que vous racontiez ? Dis-moi la vérité !

Octavio voyait la colère dans les yeux de son père. Comment y échapper ? Il se demanda ce que

Tabatha aurait fait à sa place. M. Kam'lott commençait à bouillir d'impatience.

– Alors ?

Tremblant de peur des pieds à la tête, Octavio avoua :

– Avec Tabatha, nous étions en train de dire que… les enfants avaient gagné contre la machine.

La surprise éclata sur le visage de M. Kam'lott.

– Que veux-tu dire ?

Octavio avait envie de prendre ses jambes à son cou. Pourtant, le moment était venu d'être enfin sincère avec son père, même s'il risquait d'être puni.

– Quand tu as construit ta machine, tu y as laissé une faille…

M. Kam'lott manqua s'étrangler.

– Et j'en ai parlé à Tabatha, qui elle-même l'a raconté aux autres enfants.

– Tu aurais dû m'en parler à moi ! enragea M. Kam'lott. Pourquoi l'as-tu dit à cette… cette mauvaise graine !

Octavio répondit tout bas :

– Parce que… Tabatha est mon amie.

Il regarda son père droit dans les yeux. Prononcer le prénom de Tabatha lui avait donné du courage. M. Kam'lott se mit à ricaner d'une façon terrible. Il était fier d'apprendre que son fils avait une amie, lui qui n'en avait jamais eu un seul. Mais il était furieux qu'on ait pu agir contre lui.

– C'est ton amie, cette… championne de la désobéissance ? Tu as de bien mauvaises fréquentations.

Octavio fut piqué au vif.

– Tabatha est très intelligente ! La preuve, elle a réussi à trouver la faille !

M. Kam'lott était en colère. Cette friponne avait osé le défier, en ridiculisant son invention si parfaite ! Une couleur rouge cramoisi envahit son visage. Et il se serait mis à hurler, s'il n'avait pas songé à une chose : il avait besoin de l'aide d'Octavio.

– Bon… je ne vais pas te punir, Octavio…

Sa voix était devenue aimable, tout à coup.

– … si tu m'expliques la faille.

Octavio était abasourdi. Il avait réussi, sans mentir, à échapper à la correction que lui réservait son père ! Il sentit la joie lui picoter les joues. Il goûtait au plaisir d'être lui-même. Malheureusement, il n'avait pas d'autre choix que de décrire la faille.

*

Une fois mis au courant, M. Kam'lott s'empressa d'améliorer la machine. Il travailla d'arrache-pied et la reprogramma. Même si un enfant se rasait la tête pour éviter les claques, le bonimenteur avait prévu que la machine lui arrache un poil de bras. Au bout d'une douzaine de jours, le Pèse-claques était à nouveau opérationnel. M. Kam'lott avait même un cobaye tout trouvé pour expérimenter les transformations : son propre fils. Octavio se retrouva donc sur le plongeoir, en tête-à-tête avec son père qui tenait lieu d'unique spectateur. Résigné, il sauta dans le toboggan.

Ses bêtises apparurent. Il s'agissait chaque fois de dissimulation ; Octavio passait son temps à mentir. Ainsi, il avait dit au maître qu'il n'avait pas apporté ses devoirs à cause de son arrière-grand-mère. Elle les avait jetés ! Elle n'y voyait plus clair et elle les avait confondus avec les publicités provenant de la boîte aux lettres. Son arrière-grand-mère qui n'était plus là… La machine commenta :

– Une petite bêtise…

– Petite ? s'exclama M. Kam'lott, horrifié. Moi, je dis que c'est une très grosse bêtise !

Il leva les yeux au ciel en geignant :

– Mamie, je suis vraiment désolé. Il ne racontera plus d'âneries à ton sujet, je te le promets.

Un autre écran montra ensuite Octavio à quatre pattes sur le toit de l'école, particulièrement pentu et glissant. Des plumes grises sur la tête, le jeune garçon imitait le roucoulement des pigeons. Au péril de sa vie, il tentait de se faire adopter par les oiseaux, comme Mowgli par les loups dans *Le Livre de la jungle*. Les pigeons étaient les seules bêtes sauvages qu'Octavio avait trouvées dans le quartier.

La voix du Pèse-claques jugea :

– Une grosse bêtise…

M. Kam'lott était hors de lui. Il s'emporta :

– Tu veux échanger ton père contre une famille de pigeons !

La liste des impostures d'Octavio était encore longue et M. Kam'lott put observer comment son fils mentait à tout-va. Par exemple, alors qu'il avait affirmé à travers la porte faire ses devoirs, il était en réalité en train de fabriquer des avions en papier avec les pages de ses livres de classe. Ou encore, il avait fumé la pipe pour souffler au visage de son père une haleine de mort-vivant et ne pas aller à l'école. En somme, Octavio passait son temps à raconter des salades. Un vrai bandit. Le Pèse-claques conclut à huit grosses claques et à trente-trois petites fessées.

Pendant qu'il recevait sa punition, Octavio songeait que dire la vérité à son père faisait très mal.

M. Kam'lott aurait dû se sentir satisfait, mais ce n'était pas le cas. Il découvrit que cela lui était très pénible de voir Octavio subir l'épreuve du Pèse-claques. Il en ressentit du chagrin. Il espéra donc que les claques lui serviraient de leçon une bonne fois pour toutes.

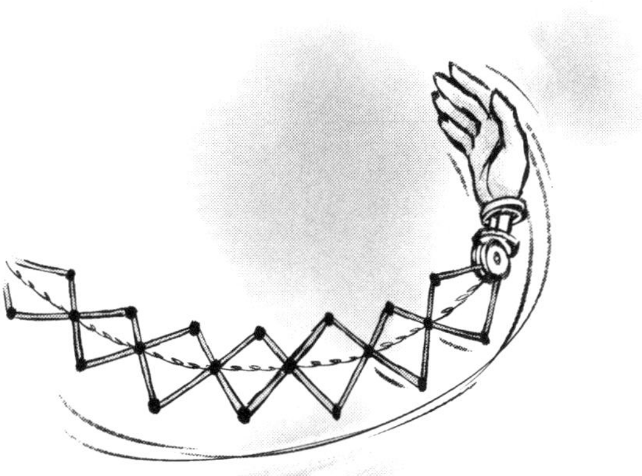

CHAPITRE 9

L'essai de la machine par Octavio avait été concluant. Les représentations purent recommencer. Les parents en furent ravis et même soulagés. En attendant que la machine fonctionnât de nouveau, ils avaient cessé de punir les bêtises ; ils préféraient attendre que le Pèse-claques s'en occupât. Le temps que durèrent les réparations, les enfants ne furent donc pas inquiétés. Ne sachant pas quand le manège infernal des claques recommencerait, ils choisirent de redoubler de polissonnerie. Aussi le Pèse-claques connut, dès sa remise en marche, un succès sans précédent.

Tabatha n'était pas retournée à la salle de spectacle depuis que son père l'y avait amenée en cachette. Elle enrageait en voyant la foule des spectateurs passer sous ses fenêtres.

– Comment arrêter cette maudite invention ? se demandait-elle.

Il avait été hors de question qu'elle se fasse donner des claques par la machine.

Et les copains ?

– Ils n'arrivent pas à se défendre ! se lamentait-elle. Mais je ne vais pas les laisser tomber. Bœuf mironton ! Ça, non !

Elle ne comprenait pas l'enthousiasme des adultes pour la machine. On lui avait pourtant appris que taper les autres, c'était mal ! Surtout que le Pèse-claques ne rendait pas les enfants plus sages. C'était comme un monstre qui se nourrissait de bêtises, il en réclamait toujours plus. Et isolés, les enfants étaient vulnérables.

– Chacun dans notre coin, on n'y arrivera pas, remarqua-t-elle.

Elle décida de réunir les enfants du quartier. Pour les trouver tous, un seul endroit possible : la cour de récréation de l'école. Elle alla voir les enfants qu'on avait obligés à se rendre au Pèse-claques. Léane était en train de se battre. Munie de gants de boxe, elle mettait au tapis les élèves qui venaient dans l'espace qu'elle s'était attribué, dans la cour. Victor essayait la veste du maître en cachette. Quant à Natacha, elle s'amusait à apprivoiser un gros rat. Elle l'appelait Rat-tatiné, parce qu'il était particulièrement habile pour passer sous les portes, aplati au sol. Dans un coin, Étienne parlait tout seul. Il était en train d'inventer des gros mots, un par lettre de l'alphabet. Au fond de la cour, Bénédicte essayait les toilettes des garçons. Elle voulait savoir ce que ça faisait de faire pipi debout. Marina et Cristobal furent les plus difficiles à trouver. Car l'une était sous terre et l'autre dans les airs. Marina creusait un tunnel pour s'évader ; elle ne voulait pas retourner en classe. Et Cristobal était suspendu par une jambe à la branche d'un marronnier. Il disait qu'il aimait voir le monde à l'envers. Tabatha trouva aussi Joachim, Zachary, Suzanne, Dorothée, Baptiste… En somme, ils étaient presque tous là. Et tous étaient en train de faire des bêtises…

À quoi donc servait cette machine de malheur ? Elle ne rendait aucun enfant obéissant ! Octavio se joignit à eux timidement. Il avait l'intention de devenir un insoumis, comme Tabatha.

– Nous devons mettre le Pèse-claques hors d'état de nuire, déclara Tabatha devant la tribu des enfants pas sages. Nous devons le transformer pour qu'il nous laisse tranquilles !

– Oui ! s'écria Dorothée. Plus de claques ni de fessées !

Tabatha poursuivit :

– Je propose qu'au lieu de punir les bêtises, la machine récompense les plus réussies !

– Mais… comment sait-on qu'une bêtise est réussie ? demanda Victor.

Ça, c'était une question facile.

– Pas vu pas pris ! lâcha Marina.

– Quand c'est drôle ! s'exclama Octavio.

– Quand ça énerve vraiment beaucoup les adultes ! suggéra Joachim.

– Quand c'est joli ! ajouta Étienne.

– Et quand c'est malin ! conclut Bénédicte avec un sourire en coin.

– D'accord, mais qu'est-ce qu'on gagne, comme récompense ? interrogea Cristobal.

– J'ai pensé à des tartelettes aux fraises…, répondit Tabatha en se léchant les babines. Avec beaucoup de crème. Ça vous dit ?

– Ouiiiii ! crièrent tous les enfants, ravis.

Restait à savoir comment transformer la machine.

– Ma grand-mère est une bricoleuse professionnelle, lança Victor. Elle construit des distributeurs de bonbons !

– Moi, intervint Dorothée, j'ai un voisin qui est accordeur d'hélicons !

– Et moi, mon frère, renchérit Cristobal, il fabrique des trottinettes avec des rouleaux à pâtisserie !

Mais la liste des candidats à la transformation du Pèse-claques s'arrêta là. Tabatha réclama le silence.

– Je sais qui va nous aider, annonça-t-elle.

Elle désigna Octavio qui souriait, fier comme un coq. Tous se tournèrent vers le garçon. Natacha l'interrogea :

– Tu sais bricoler les machines ?

– Je sais bricoler cette machine-là, répondit Octavio.

Et Tabatha compléta :

– M. Kam'lott est son père.

– Quoi ! s'écria Baptiste.

L'assemblée des enfants bondit avec lui.

– Qu'est-ce qu'il fabrique ici ? se fâcha Léane.

Elle se mit en position de boxeuse, défiant Octavio du regard.

– T'es un espion ! s'exclama Étienne.

– C'est ton père qui t'envoie ? l'accusa Cristobal. Tu lui diras ça de ma part !

Réalisant sa pire grimace, il plissa les yeux et écarquilla ses narines et sa bouche avec les doigts.

– Et de ma part, tu lui diras ça ! dit la toute petite Natacha.

Elle tira la langue.

– Ça, c'est pour les quatorze fessées de l'autre jour ! fit Léane.

Et sans crier gare, elle flanqua une fessée à Octavio de toutes ses forces.

– Ouiiille ! gémit Octavio.

– Salsifis comme ça ! s'insurgea Tabatha en grimpant sur les épaules de Joachim. C'est pas un espion, il est comme nous ! Vous êtes en train de faire comme la machine !

Le silence se fit autour d'Octavio.

– Lui aussi, il s'est fait taper… Alors c'est pas la peine d'en rajouter ! s'indigna-t-elle.

– C'est vrai ce que dit Tabatha ? demanda Dorothée à Octavio.

– Oui, fit Octavio en baissant les yeux.

– Fais voir ! lança Dorothée, davantage par curiosité que par défi.

Octavio, une cinquantaine de paires d'yeux d'enfants braquées sur lui, baissa son pantalon et montra les bleus sur ses fesses.

– Oooh ! murmurèrent les enfants avec étonnement.

– Son propre père lui fait la guerre, dit Tabatha, émue.

L'assemblée des enfants était accablée. Léane, qui avait tapé Octavio, rougit de honte. Joachim déclara :

– En tout cas, maintenant il est comme nous !

Il cracha dans la paume de sa main et serra celle d'Octavio en disant :

– Copains comme cochons, pour le meilleur et pour l'andouille…

Chacun, imitant Joachim, se cracha dans la main d'un air solennel.

– Voilà qu'ils sont copains de fessées, commenta Tabatha, déconcertée. Ils se font taper et ils se félicitent ! Qu'est-ce que c'est que cette blague, encore ?

Un silence honteux entoura Tabatha. Quand il se fit aussi épais qu'une part de pudding, elle reprit la parole :

– Bon… Comme je disais, Octavio va nous aider. Il va vous expliquer.

Octavio reprit :

– J'ai aidé mon père à fabriquer la machine. Je devrais donc réussir à la modifier.

Une exclamation de joie suivit ces paroles.

– On va lui en faire voir, à la machine ! s'écria Bénédicte.

– Oui, on va lui faire voir, à Machine ! renchérit Léane.

Cette fois, ils seraient les plus forts. La révolution des enfants était en marche ! Et ils allaient bien rigoler.

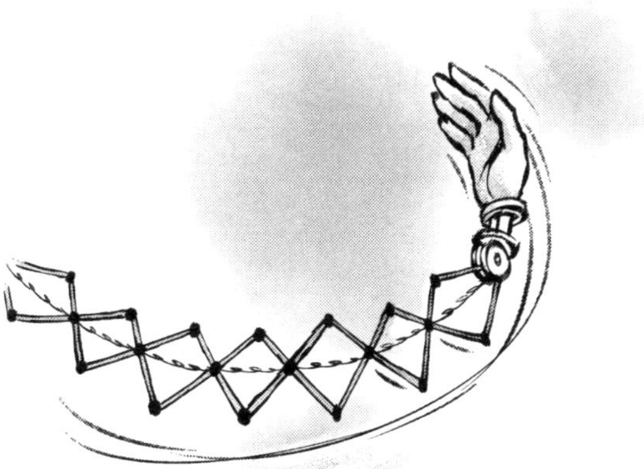

CHAPITRE 10

Tabatha, Baptiste, Léane et Marina proposèrent d'aider Octavio à transformer la machine. Rendez-vous fut pris la nuit suivante. Afin de s'échapper de chez eux, les enfants eurent l'idée de nouer ensemble des housses de couette et de les jeter par la fenêtre. Dès qu'on leur eut souhaité bonne nuit, ils sortirent en catimini. Les yeux embués de sommeil, ils se retrouvèrent devant l'école, en pyjama. Tabatha avait apporté des cagoules de ski.

– Tenez ! Comme ça, on verra pas que c'est nous !

Silencieux dans leurs chaussettes, les brigands en herbe se rendirent sur la place Guillotine. Ils

commencèrent par désactiver l'alarme qui servait à prévenir M. Kam'lott de l'intrusion d'étrangers. C'était un oiseau parleur, un mainate, juché au sommet de la salle de spectacle. Devant les intrus, l'animal piaillait dans un micro :

– Aux plumes ! À l'aide !

Tabatha se hissa jusqu'à l'oiseau. Délicatement, elle ouvrit la cage.

– Allez ouste, sors de là ! dit-elle

Elle essaya de tirer le mainate par une patte.

– Tu es libre, au cas où tu n'aurais pas remarqué.

L'oiseau aimait bien parler; il voulut répondre à Tabatha. Oui mais voilà, il ne savait dire qu'une chose :

– Aux pl…

Tabatha l'interrompit :

– Dis donc, l'emplumé, soit tu te tais, soit tu restes en prison. Gras de jambon !

Rabroué de la sorte, l'oiseau s'envola sans rouvrir le bec. À la place du volatile, les enfants en mirent un autre en carton peint. La salle de spectacle était aussi barricadée. Mais Octavio avait plus d'un tour dans son sac. Il avait fabriqué un passage secret dans le local poubelles, derrière la salle.

– Suivez-moi, dit-il en plongeant dans une benne à ordures, c'est par ici !

Un rat bondit hors d'un sac poubelle.

– C'est ça, ton entrée secrète ? fit Léane. Astucieux !

– C'est génial ! se réjouit Tabatha, en sautant à son tour dans la benne.

– C'est surtout dé-goû-tant, remarqua Baptiste en se bouchant les narines.

Un sourire coquin remonta sur ses oreilles.

– J'adore…

– Mon père ne viendra jamais mettre son nez là-dedans ! dit Octavio en gloussant.

Sur un côté de la benne, il y avait une petite porte…

Les enfants se retrouvèrent dans les coulisses de la salle de spectacle, derrière les rideaux de velours rouge. La salle était plongée dans le noir, silencieuse. Le Pèse-claques était à eux. L'invention formait une masse sombre et mystérieuse. Intimidés, les enfants hésitaient à s'en approcher, lorsqu'Octavio alluma la lumière. Alors l'envers de la machine, avec ses multiples rouages, s'offrit à leurs yeux.

– Oooooooooh… C'est… moche… et… beau… à la fois, dit Marina, en admirant les détails étincelants du mécanisme.

– Ouais… C'est moche-beau, ricana Baptiste.

On aurait dit l'intérieur d'une montre gigantesque, avec ses aiguilles, ses ressorts et ses roues en fer aux bords dentelés. Prêtes à surgir d'une petite trappe, des mains à claques attendaient qu'une joue

ou un postérieur se présentât. Elles étaient rangées par taille. En apercevant la plus grande des mains, les enfants eurent des frissons.

– Celle-là, elle peut t'aplatir comme une crêpe ! dit Baptiste.

– Meuh non, dit Léane, je la connais, elle ne fait même pas mal…

En parlant, elle tournait le dos à la machine. Son coude, par inadvertance, appuya sur une manette. La main partit à la volée.

– Attentioooon ! crièrent les enfants d'une seule voix.

Léane se baissa et évita le coup de justesse. Quand elle se redressa, elle était verte de peur.

– Choux de Bruxelles ! Tu l'as échappé belle ! s'écria Tabatha.

Comme la nuit avançait, on suggéra de ne pas perdre trop de temps en rigolade. Il faudrait retourner au lit avant que les parents ne se lèvent. Octavio proposa donc de se mettre au travail.

Et tandis que Tabatha, Baptiste, Marina, Léane et Octavio s'occupaient de démonter le Pèse-claques…

à quelques rues de là, une troupe d'enfants s'activait à l'arrière de la pâtisserie Tousspadan-Lakrem.

*

Les frères jumeaux qui tenaient la pâtisserie Tousspadan-Lakrem dormaient sur leurs quatre oreilles. Comme toutes les nuits, ils ronflaient très fort. Mais cela ne les gênait pas, étant donné qu'ils ronflaient tous les deux. Le bruit couvrit celui des enfants qui entrèrent dans leur boutique par la chatière. Car les frères pâtissiers avaient un chat. Et pas n'importe lequel : c'était le frère du chat de M. Kam'lott. Il était donc lui aussi anormalement grand, de même que sa chatière. Un enfant de neuf ans pouvait s'y glisser aisément.

Le chat ne se réveilla pas plus que ses maîtres. Il était enroulé sur un tapis, entre les lits des deux frères. Et comme eux, il ronflait comme un beau diable.

Les enfants se hâtèrent d'empaqueter les quatre-cent-treize tartes préparées par les pâtissiers pour le lendemain. Tout à coup, entre deux ronflements, ils s'immobilisèrent.

– Je n'entends plus rien, dit l'un d'eux. Ah si ! ça y est…

On entendit « rrrron… pshhhhhh… »

– Ça, ce sont les pâtissiers ! remarqua un enfant.

Et au milieu de ce vacarme, on entendit aussi « mrrrrriaou… pshhhhh… »

– Et ça, c'est le chat ! s'esclaffa un autre.

L'immeuble entier tremblait. Et pendant ce temps, les tartes passèrent d'un enfant à un autre, le long d'une chaîne de polissons, jusqu'au Pèse-claques.

Dans la salle de spectacle, Octavio et ses complices s'affairaient aussi. Ils commencèrent par ôter les mains, pour éviter toute claque intempestive. Puis ils démontèrent le mécanisme. Les ciseaux de coiffure furent enlevés. À la place, Octavio installa une cible. Les enfants devaient cracher dessus et c'était grâce à leur bave que la machine savait à qui elle avait affaire. Pour vérifier que le système fonctionnait, Marina, Baptiste, Léane, Tabatha et Octavio firent un concours de crachats.

– C'est bien plus amusant comme ça ! dit Marina.

– Je vais adorer la machine, maintenant ! ajouta Baptiste, qui venait de cracher en plein dans le mille.

Octavio proposa de supprimer la voix monotone qui commentait les bêtises. À la place, il enregistra les voix de ses amis. Tabatha imita sa mère dans le micro :

– Tabatha ! Où es-tu allée te cache-fourrer ? Nous t'avons cherchée partout, avec Barbamouche !

Les autres enfants se mirent à glousser.

Octavio s'empara du micro à son tour. Il imita son père :

– Moi, je ne fais ja-maiiiiiis de bêtises.

La bouche en cul de poule, il roula des yeux furieux vers Baptiste, qui sursauta. Les autres se tordirent de rire. Enfin, quand les copains apportèrent les tartes, la tribu au complet s'occupa de les empiler dans un distributeur, situé à côté des mains. Ce travail accompli, Léane suggéra :

– Si on en goûtait une ?

– Bonne idée ! s'écria Joachim. J'ai faim !

Ils goûtèrent une tarte, puis deux, puis trois, puis quatre… puis dix.

– Les enfants qui viendront au Pèse-claques vont se régaler, remarqua Dorothée.

– J'espère qu'ils font beaucoup de bêtises ! dit Tabatha.

Finalement, le ventre plein et les doigts gras, chacun retourna dans son lit.

Le lendemain, les pâtissiers s'aperçurent du cambriolage. Furieux, ils suivirent les traces de petits pas qu'ils découvrirent dans la farine. Mais c'était une fausse piste laissée par les enfants. Les traces les menèrent vers une bouche d'égout, dans laquelle ils s'engouffrèrent. Ils en ressortirent longtemps après, crasseux et honteux de s'être fait avoir.

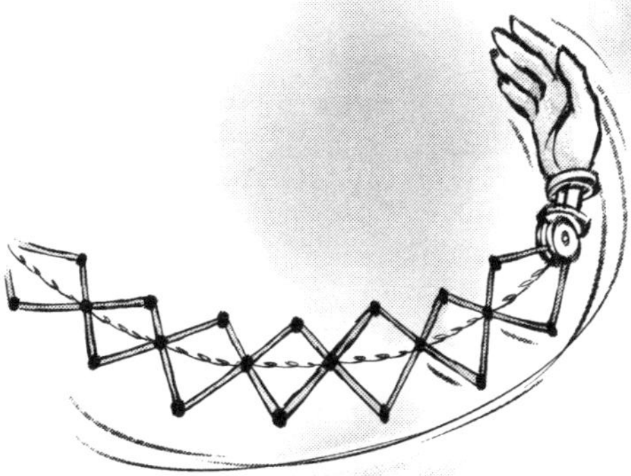

CHAPITRE 11

Les enfants se réveillèrent heureux de la réussite de leur escapade. Malheureusement, c'était jour de Fouille-chambre. Cet événement mensuel consistait, pour les parents de Malappris, à fouiller les chambres de leurs enfants afin d'y dénicher ce qui avait pu être chapardé : lombricomposteur, chapeau, congélateur, malle à outils, haltères, rétroviseur, et cætera. Les enfants étaient réprimandés par leurs parents et condamnés à sillonner le quartier, munis des biens en question, afin de les restituer à leurs propriétaires. Occupés par la transformation du Pèse-claques, Tabatha et ses camarades avaient complètement oublié le Fouille-chambre.

Habituellement, la veille du jour dit, les enfants de Malappris s'appliquaient à dissimuler les objets de leurs larcins. Ils s'ingéniaient à inventer dans leur chambre toutes sortes de cachettes en prévision de la fouille. Mais cette fois-là, rien n'avait été fait comme il fallait.

Marina avait laissé traîner sous son lit un panneau de circulation qui la faisait beaucoup rire. Il indiquait « dos d'âne ». Au-dessus, deux bosses étaient dessinées.

– Les adultes se sont trompés ! Ce sont les chameaux qui ont deux bosses, pas les ânes ! Hi, hi ! disait-elle en gloussant aux copains qui venaient jouer chez elle.

Ses parents trouvèrent l'objet du délit en moins de temps qu'il n'en faut pour dire « Hi, hi ! »

Victor avait subtilisé tous les lacets de chaussures qu'il avait trouvés dans les vestiaires de la piscine. Il voulait fabriquer le plus grand lacet au monde pour entrer dans *Le Livre des records*. Pour vérifier la longueur de son super-lacet, il l'avait accroché, de part et d'autre de sa chambre, à hauteur des chevilles.

Chapitre 11

Ce fut la première chose dans laquelle ses parents se prirent les pieds, lorsqu'ils commencèrent leur fouille. La toute petite Natacha, elle, s'était endormie blottie contre un panda, dont elle avait ouvert la cage, au zoo ! Son père, en venant la réveiller, s'étonna à la vue de cette peluche gigantesque.

– D'où ça sort, ça ?

Natacha fut réveillée en sursaut.

– C'est une peluche que j'ai gagnée l'autre jour, à la fête foraine.

Juste comme elle disait cela, le panda ouvrit les yeux en bâillant.

– Mais… cette peluche est vivante ! s'écria le père de Natacha.

– Ah bon ? feignit de s'étonner Natacha, en se redressant d'un bond sur son lit.

Pendant que son père s'évanouissait, elle chercha un moyen de faire sortir le panda de sa chambre avant que sa mère ne se lève. Trop tard…

Ce fut ainsi que tous les amis de Tabatha se firent surprendre. Exaspérés, les parents emmenèrent directement les petits monstres en séance de

Pèse-claques. Car M. Kam'lott avait prévu une session spéciale Fouille-chambre.

Le public du Pèse-claques s'était encore élargi. Des familles venaient d'autres villes participer au spectacle des punitions. Certains spectateurs se déplaçaient même depuis l'autre bout du pays ! Ce succès avait rendu M. Kam'lott très riche. Son costume était plus chatoyant ; il y avait ajouté d'audacieuses bordures dorées aux manches et au col. Il s'était mis aussi à porter un haut-de-forme d'un autre siècle, qui lui donnait l'air d'un comte. Il prenait plaisir à l'ôter dans des révérences loufoques, pour accueillir les spectateurs.

La salle se remplit si vite que M. Kam'lott eut l'idée, pour satisfaire tout le monde, de vendre des demi-places, puis des quarts de place ; enfin il vendit des places debout-sur-les-côtés… jusqu'à ce qu'il ne restât plus le moindre espace disponible à la location. Quant à la file des enfants destinés à passer dans le Pèse-claques, elle était si importante qu'elle débordait le long de l'échelle.

– Messieurs dames, b… bon… bonsoir ! s'écria M. Kam'lott en apparaissant, ému, sur la scène.

Chapitre 11

Les applaudissements crépitèrent.

Sur le plongeoir, Tabatha et ses amis étaient nerveux. Que donnerait leur intervention secrète ? La transformation de la machine allait-elle être couronnée de succès ?

– Graine d'anis ! Pourvu que la machine obéisse ! dit Tabatha.

Les enfants n'eurent pas le loisir de s'inquiéter longtemps. M. Kam'lott lança, plein de gaieté :

– Que le s… spectacle commence !

Le premier enfant à descendre dans la machine fut Milo. Ce garçon de dix ans, venu d'un quartier éloigné de Malappris, avait beaucoup d'imagination. C'était la première fois qu'il venait au Pèse-claques et il avait très peur. Il se laissa dégringoler dans le toboggan, le visage tout blanc. La machine fit un drôle de gargouillis et les spectateurs apprirent les bêtises de Milo. D'abord, il avait mis de l'encre dans un vase contenant des roses et au bout de deux jours… les roses avaient changé de couleur, elles étaient devenues bleues ! Ensuite, il avait mélangé les noms sur les boîtes aux lettres de son immeuble, si bien que Mme Untel avait pris le courrier de M. Trucmuche et ainsi de suite. Les résidents s'étaient mis à sonner aux portes de leurs voisins à la recherche de leurs lettres, ce qui avait causé un grand désordre ainsi que trois nouvelles amitiés, une bagarre et une histoire d'amour. À la surprise générale, la machine, avec la voix de Marina, annonça :

– Une jolie bêtise et une bêtise très rigolote égalent… une moyenne tarte aux fraises.

Milo retomba sur la scène avec l'étonnement des débutants. La machine tendait déjà vers lui la tarte quand soudain… la main s'inclina légèrement et… paf ! Milo reçut la pâtisserie au beau milieu de la figure. Surpris, il resta un instant sans bouger avant de dire :

– Miam, ch'a ch'est bon !

Il se passa la langue sur les joues avec gourmandise.

Les spectateurs éclatèrent de rire. Tabatha demanda à Octavio :

– La machine ne devait pas nous offrir les tartes, plutôt que de nous les jeter à la figure ?

– Euh… on a dû se tromper quand on l'a modifiée.

– Jus de betterave ! C'est pas grave ! Comme ça, la machine est vraiment géniale !

Ce n'était pas l'avis de M. Kam'lott. Il était hors de lui.

– Qu'est-ce que… Qu'est-il arrivé à ma machine ! Qui a fait ça ?

Ce fut Octavio qui lui répondit.

– Mesdames et messieurs, Papa, je vous présente… le Pèse-tartes !

M. Kam'lott regarda son fils avec stupéfaction. C'était plus qu'il n'en pouvait supporter. Il voulut arrêter la représentation. Son fils allait passer un mauvais quart d'heure. Mais Octavio se trouvait sur le plongeoir, hors d'atteinte. Et les spectateurs semblaient se réjouir du spectacle ! Ne sachant que faire, M. Kam'lott assista, éberlué, à la suite des événements.

Tandis que Milo, les habits dégoulinants de crème pâtissière, rejoignait ses parents dans le public, les enfants sautèrent l'un après l'autre, avec bonheur, dans le toboggan. David avait récolté une centaine de cafards à la carapace brillante pour faire des colliers à sa mère, Éléonore avait peint les carreaux de ses fenêtres en bleu pour cacher le gris du ciel, Kira avait fait pipi dans les plantes vertes, Juliette avait jeté des queues de lézard gigotantes dans le dîner, et Pacôme avait appelé les pompiers pour éteindre le coup de foudre qu'il avait eu pour une camarade de classe. Il y avait beaucoup de jolies bêtises, quantité de bêtises énervantes, des bêtises rigolotes, des bêtises astucieuses et le Pèse-tartes s'en donna à cœur joie.

Chapitre 11

M. Kam'lott, affolé par l'absence de punitions, voulut intervenir, mais il était à la fois en colère et pétrifié. De plus, là-haut, sur le plongeoir, un événement sans précédent était sur le point de se produire.

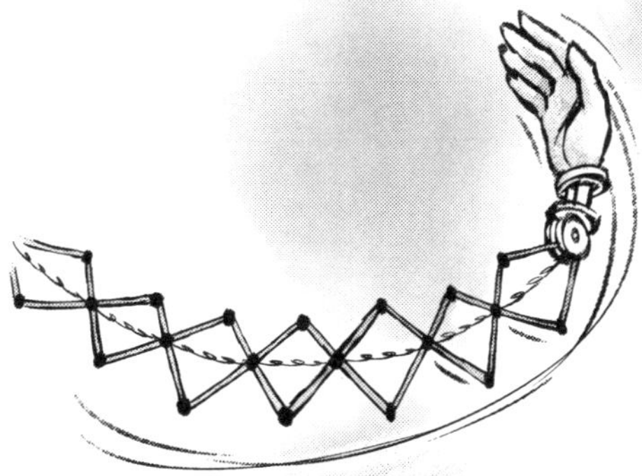

CHAPITRE 12

Tabatha s'apprêtait à descendre dans la machine à son tour. Le public retint son souffle. Pour la première fois, les bêtises de la petite insoumise de Malappris allaient être dévoilées. Au moment où elle sauta dans le toboggan, le chat bondit à sa suite en ronronnant. On entendit Tabatha qui disait :

– Tiens, tu es là aussi, mon matou ?

Puis la machine se mit en marche. Seulement voilà, le Pèse-claques ne déroula pas la liste des bêtises effectuées par Tabatha. Il n'en montra qu'une seule : celle que le chat et la jeune fille avaient commise… ensemble. Sur un écran, on vit Tabatha à califourchon sur le toit de la salle de spectacle, en train d'ouvrir la cage du mainate. M. Kam'lott devint livide.

– M... mais, c'est mon mainate ! Qu'as-tu fait, chipie !

Il assista avec les spectateurs à l'envol de l'oiseau. Le hic fut que le volatile se dirigea tout droit... vers son chat ! Aussitôt, le félin lui asséna un grand coup de patte avant de le saisir dans sa gueule. Puis il le croqua tout cru.

– Qu'est-ce que..., balbutia M. Kam'lott. Maudit chat ! C'est défendu, ça !

La révélation valut au chat et à Tabatha treize tartes à la crème sur la figure et le museau, récompense hautement méritée pour une BÊTISE EXTRAORDINAIREMENT EMBÊTANTE.

– Ouuuuups..., fit Tabatha, qui était sincèrement désolée pour le mainate. Pauvre oiseau... Mais aussi, quelle idée d'avoir un animal en cage !

Les spectateurs s'écroulaient de rire sur leur siège. Seul M. Kam'lott gardait une figure sévère. Il s'avança vers Octavio, assis au bord de la scène. Il fulminait. Les rires diminuèrent jusqu'à cesser tout à fait. Dans un geste brusque pour tirer l'oreille de son fils, M. Kam'lott glissa sur un morceau de tarte. Les spectateurs crurent qu'il s'agissait d'un numéro clownesque qui avait été ajouté. Les rires reprirent. À bout, le bonimenteur réussit à articuler :

– Ce que tu as fait à ma machine, Octavio, c'est… monstrueux ! Tu n'es que… que… qu'une immense bêtise !

Les spectateurs poussèrent un cri horrifié.

– C'est de l'humour ou de la méchanceté ? intervint un monsieur.

Mais M. Kam'lott n'écoutait pas le public. Toute son attention était accaparée par son fils. Il se mit à pourchasser Octavio, qui se réfugia sur l'échelle.

– Que fait M. Cocotte ? s'enquit un spectateur. Il n'a plus toute sa tête !

Octavio se tenait à présent au bord du plongeoir, au-dessus du Pèse-claques.

– Papa… balbutia Octavio.

– Tu mérites une bonne correction ! s'écria le bonimenteur.

Les spectateurs ne savaient plus quoi penser.

– Descendez de là, mon vieux, c'est ridicule ! entendit-on.

M. Kam'lott avait atteint Octavio. Il leva la main pour lui donner une fessée. Il était si vilain à voir que les parents ne purent pas en supporter davantage.

– Assez ! hurla-t-on. Vous êtes hideux !

– Ce Popotte dépasse les bornes ! s'indigna une dame.

– Ce n'est pas votre fils, mais vous qui êtes monstrueux ! ajouta une autre.

– Vous faites peur à voir ! Laissez cet enfant pas sage ! lui ordonna-t-on.

De leur côté, les enfants ne savaient pas comment aider leur ami.

– Le bonimenteur est devenu fou ! dit Joachim.

– Sardines à l'huile ! Laissez Octavio tranquille ! cria Tabatha.

– Y'en a marre de vos fessées ! Tapez-vous tout seul ! se fâcha la petite Natacha.

– Oui, allez vous faire cuire un œuf, vous et vos claques ! ajouta Victor.

Les parents approuvèrent les enfants.

– Allez vous faire cuire des claques ! renchérit-on, dans les gradins.

Soudain M. Kam'lott, qui avait encore des morceaux de tarte sous ses chaussures, trébucha. Il tomba à plat ventre sur le plongeoir et se mit à glisser... Les enfants exultèrent, très vite suivis par les parents.

– Ouiiiiii ! Dans le Pèse-tartes ! Dans le Pèse-tartes !

M. Kam'lott tenta de se retenir aux bords du plongeoir, mais celui-ci était tartiné de crème pâtissière. Impuissant, il se mit à gémir :

– Au secours ! Mamie, aide-moi...

On aurait dit la voix d'un enfant de cinq ans. La tête la première, il plongea dans la machine.

Une clameur monta de la salle. L'inventeur venait d'être pris à son propre jeu.

– Encore un qui tombe dans la machine ! ricana Tabatha. Ils sont pas doués, ces adultes.

Octavio, prudemment, redescendit de l'échelle.

Pendant un moment, les écrans restèrent noirs et un silence de consternation envahit les gradins.

Il fut brusquement interrompu. Un sifflement se fit entendre, de plus en plus aigu. On se boucha les oreilles. Le bruit était en train de devenir intenable, lorsqu'une explosion retentit. Des flammes jaillirent de tous les côtés de la machine.

– Ça alors…, murmura Octavio.

Peu à peu les flammes diminuèrent, laissant la place à des étincelles crépitantes. Comme un millier de pétards lancés en même temps.

– Wouah ! Un feu d'artifice ! s'émerveilla Cristobal.

Quand le bruit s'arrêta, un écran de la machine montra un enfant sagement assis sur une chaise.

– Qui est ce mignon garçonnet ? demanda une dame.

Octavio avait les yeux écarquillés.

– Oooooh… C'est Papa quand il était petit.

Sur l'écran, on voyait aussi une dame âgée, assise devant un gros gâteau d'anniversaire. On compta les bougies.

– Il y en a… quatre-vingt-treize ! s'écria Bénédicte.

Elle n'avait jamais vu ça.

– J'ai appris une chanson pour ton anniversaire, Mamie, dit fièrement le petit Kam'lott, sur l'écran.

Octavio était ému. Il écouta son père chanter « Je descendis dans mon jardin, je descendis dans mon jardin, pour y cueillir du romarin… »

Mais brusquement, la grand-mère l'interrompit :

– Arrête tes bêtises… Sois sage, gamin !

Le petit Kam'lott se tut. Après un silence, il répondit :

– D'a… d'a… d'accord, Mamie.

Octavio n'en revenait pas. C'était donc là, à ce moment précis, que son père avait bégayé pour la première fois ! Dans le public, une larme roula sur la joue d'un monsieur.

Un enfant s'écria :

– Mais ! C'est pas une bêtise ! Au contraire ! Il lui chante une chanson pour lui faire plaisir.

Sa mère approuva :

– Il a raison ! Et c'est un spécialiste des bêtises qui parle.

– Elle a dû mal comprendre les paroles de la chanson, dit Tabatha. Elle devait être un peu sourde.

– Elle a dû comprendre « J'ai été très vilain, j'ai été très vilain, j'ai arraché tout le romarin… », suggéra Cristobal.

– Pauvre Papa…, dit Octavio.

Il comprenait que l'enfance de son père n'avait vraiment pas dû être drôle. Sur l'écran, on voyait maintenant le petit Kam'lott au visage sérieux, dans la cour de l'école. Personne ne voulait jouer avec lui. Puis un autre écran le montra en classe, assis tout seul. L'enfance du bonimenteur défila devant les spectateurs. Les bêtises étaient absentes de la vie du petit Kam'lott. Les jeux et les rires aussi. Quand l'homme de spectacle ressortit de la machine, Octavio s'avança timidement.

– C'est vrai alors, tu n'as jamais fait de bêtises…

M. Kam'lott était blanc comme sa salle de spectacle.

– Pourtant on en a tous fait quand on était enfants, dit un monsieur.

– Ça oui, un paquet, même ! lança son voisin.

Dans les rangs de spectateurs, chacun évoquait avec nostalgie le souvenir d'une bêtise qui avait égayé son enfance.

– Votre Grande Mère vous en a un peu trop demandé, remarqua Mme Gratteloup.

– Oui, dit M. Gratteloup en couvrant les oreilles de sa fille. Une petite bêtise de temps en temps, ça n'a jamais tué personne…

Octavio eut une idée. Il dit à son père :

– Si tu veux, je peux t'apprendre… à faire des bêtises.

Le public s'anima :

– Ben oui, allez-y ! Il n'est jamais trop tard !

– V… vous croyez ? dit M.Kam'lott, qui hésitait.

Et comme le public l'encourageait, il accepta.

– D'accord, une toute petite…

Octavio chuchota quelque chose à son oreille. M. Kam'lott s'esclaffa.

– Tu es sûr ?

– Mais oui ! Allez, vas-y, Papa !

Le public reprit en chœur :

– Vas-y, Pa-pa ! Vas-y, Pa-pa !

D'autres disaient :

– Al-lez, Clo-porte !

Ou encore :

– Al-lez, Cra-cotte !

Sur la scène, M. Kam'lott ramassa un morceau de tarte dégoulinante de crème. Tous retinrent leur souffle. On entendit un éclat de rire enfantin. Le bonimenteur riait. Il riait même de plus en plus en fort. Lentement, il leva le bras… et envoya le bout de tarte à la figure d'un spectateur.

– Non mais dites donc ! Ne vous gênez pas, surtout ! s'offusqua l'homme en question.

– Bien visé ! cria Tabatha en riant.

Les parents, emballés par cette nouvelle activité, se levèrent de leur siège. Une bataille générale de tartes écrasées s'engagea. Certains adultes quittèrent la salle, fâchés. Ils ne remettraient plus les pieds dans cette maison de fous ! D'autres, qui avaient refusé de se lancer dans la bataille, décollaient avec bonheur les bouts de tartes atterris sur les sièges, pour les manger. Quand tous les spectateurs eurent leurs vêtements maculés de fraise et de crème pâtissière, M. Kam'lott dit :

– Ça me plaît bien, ce… Pèse-tartes. Je vais le garder comme ça !

Il leva les yeux au ciel.

– Tu es d… d'accord, Mamie ?

Octavio répondit :

– Je suis sûr qu'elle est d'accord !

Et il se jeta au cou de son père pour lui faire un gros câlin.

Les enfants encerclèrent le bonimenteur. Ils regardaient celui qui les avait tant fait souffrir avec une grande curiosité. Ils n'avaient plus peur de lui. Sa veste était chiffonnée. Il avait aussi perdu son chapeau et ses cheveux étaient complètement décoiffés. Mais surtout, il souriait. Tabatha se dit qu'en fin de compte, lui aussi était beau.

Peu à peu, le flot des spectateurs quitta la salle. M. Kam'lott sortit à son tour et referma les portes.

– Rendez-vous au prochain Pèse-tartes ? lança-t-il aux enfants, non sans une certaine gêne.

Un silence accueillit ces mots. Les enfants ne savaient pas s'ils devaient faire confiance à ce bonhomme-là. Mais une voix rompit le malaise. La toute petite Natacha déclara :

– Bah oui ! Maintenant, c'est notre machine à nous aussi !

– Lardons et petits pois ! Évidemment qu'on sera là ! approuva Tabatha.

M. Kam'lott s'éloigna en disant à Octavio :

– Mamie n'aurait pas du tout aimé que je fréquente des enfants pas sages… Mais tant pis ! À la réflexion, elle n'aimait pas grand-chose.

Tabatha se demanda ce qu'elle devrait inventer pour recevoir les plus grosses tartes à la crème, la fois prochaine. Elle songea au bonheur de faire des bêtises. Son père l'avait prévenue, ça ne durerait pas toute la vie. Quand elle serait adulte, ce ne serait plus la même rigolade ! Elle n'était pas pressée de grandir.

– Vive les bêtises ! cria-t-elle joyeusement.

Aussitôt, le cri de guerre fut repris en chœur par la tribu des enfants pas sages :

– Ouiiiiii ! Vive les bêtiiiiiiises !

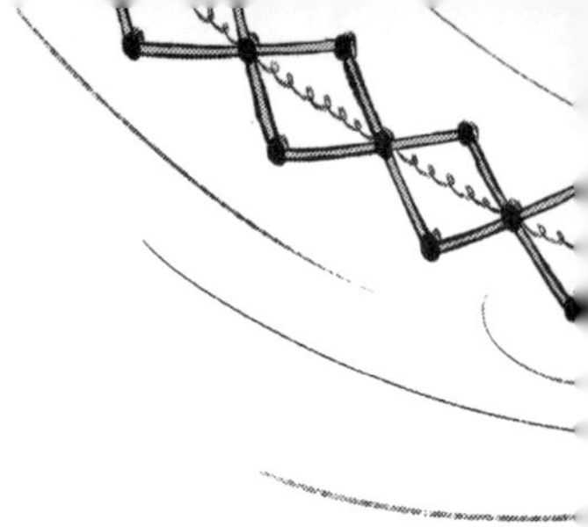

Drôle, casse-cou, folle, improbable, imaginative, dégoûtante, embarrassante ou carrément diabolique... la bêtise est un art qui se décline sur tous les tons !

Eh oui ! maintenant que tu as lu
***Le Pèse-claques*, ce n'est plus un secret :**
TOUT LE MONDE fait des bêtises.
Espiègle en herbe ou diablotin confirmé,
il n'y a pas d'âge pour démarrer
dans le métier.
N'est-ce pas, monsieur Kam'lott ?

MATHILDE LOSSEL
et GUILLAUME PLANTEVIN,
les auteurs de ce livre, ont eux aussi fait beaucoup de bêtises et t'en confient quelques-unes en exclusivité. Alors, petite ou grosse bêtise ? À toi de peser (scien-ti-fi-que-ment évidemment) et de... compléter !

(Et tes parents, au fait, ils n'auraient pas quelque chose à te raconter ?)

LES BÊTISES DE MATHILDE

Lors d'un voyage scolaire, j'étais logée dans une famille. Au menu : des poissons panés pleins d'huile. Beurk ! Pour ne pas vexer la cuisinière, j'ai planqué mon poisson dans un tiroir.
POIDS
POIDS
Une fois vidée l'eau du bain, avec mon frère, nous faisions du toboggan sur la mousse !
En primaire, j'ai truffé de bouts rouges d'allumettes les cigarettes de mon père. Effet pétard garanti !
POIDS

LES BÊTISES DE GUILLAUME

Lors d'un voyage scolaire, on avait passé une partie de la nuit à essayer de mettre le petit doigt d'un ami qui dormait dans un verre d'eau, en espérant qu'il ferait pipi au lit. Résultat, le lendemain : pas de pipi, mais une grosse fatigue !

Chez une amie, en Hongrie, je m'étais débarrassé de tranches de salami rose fluo immangeables en les lançant par la fenêtre. Je ne pouvais pas me douter qu'elles atterriraient trois étages plus bas sur... la moto de son père !

Quand on me propose un bonbon, j'en prends un avec le pouce et l'index (normal) et j'en attrape un second en cachette avec le petit doigt replié sur la paume de ma main.

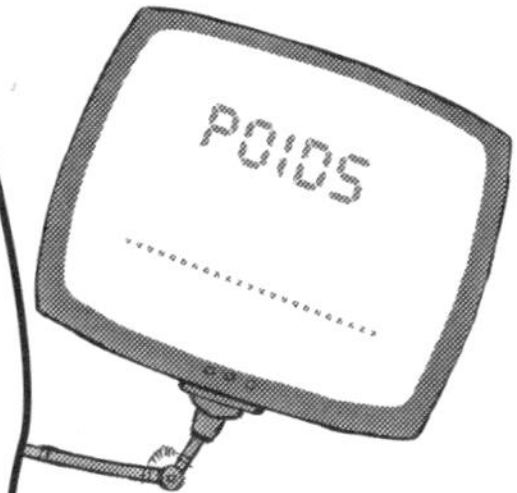

MES BÊTISES...

(S'il n'y a pas assez de place,
continue ta liste dans un cahier.)

ET CELLES DE MES PARENTS...

(Ça ne tiendra jamais sur deux pages!)

Découvrez la collection Mon Marque-Page +

Le Cœur en braille abrégé

Pascal Ruter

Une histoire aussi savoureuse qu'un loukoum.
Une nouvelle version du grand classique de Pascal Ruter pour les plus jeunes lecteurs.

La mère de Marie a fait un aller-retour jusqu'à la cuisine.
– Vous faites de la musique, vous aussi, peut-être ? m'a demandé son père.
– Pas du tout, monsieur. J'ai jamais fait la différence entre une symphonie et un accident de voiture.
Marie est intervenue :
– Victor dit ça, mais en fait [...] c'est un très bon mélomane qui sait parfaitement écouter et qui juge avec beaucoup de sensibilité.

J'ai rougi à mort. Au moins j'avais appris un mot. Jusque-là je croyais qu'un mélomane, c'était un grain de beauté. Rien que pour ça je n'avais pas perdu ma journée.
– Vous savez que notre fille, à la fin de l'année, va passer un concours pour entrer dans une école de musique très réputée ?
Marie a souri à son père et a planté ensuite ses yeux dans les miens, c'était comme une alliance dans le secret que nous partagions.

Ali Blabla

Emmanuel Trédez

Au pays de Shéhérazade et d'Aladin, une aventure désopilante aux mille et une péripéties !

[...] Farid lui annonça qu'il avait repéré une échoppe à proximité du Grand Bazar. Dès qu'Ali eut terminé son travail, ils y retournèrent ensemble.
– Ça alors, une échoppe troglodyte !
– Trop quoi ? demanda Farid. Trop humide peut-être ?
– Mais non, troglodyte : elle est creusée dans un rocher !
Humide ou pas, Ali tomba tout de suite sous le charme.
– J'y serai très bien. Je l'appellerai « La Caverne ». Ou plutôt « La Caverne d'Ali Baba » !
Cependant, Farid lui fit remarquer que dans le quartier, tout le monde l'appelait désormais Ali Blabla, à cause de son bagou.
– Blabla ? Je parle tant que ça, Farid ?
– Ce n'est pas moi qui le dis !
Ali baptisa donc l'échoppe La Caverne d'Ali Blabla.

Megumi et le fantôme

Eric Senabre

Une belle histoire d'amitié entre un fantôme et une petite fille intrépide déterminée à enquêter sur son passé.

Hamish allait tourner les talons quand Megumi s'écria :
– Attends ! Est-ce que tu connais la maison qui se trouve au 66 Canavan Street ?
On aurait cru que tout à coup, le petit garçon avait vu le diable en personne.
– Pourquoi tu veux savoir ça ? fit-il en tremblant à moitié.
– Ma mère dit que c'est la maison de nos ancêtres.
– De vos ancêtres ? Mais...
– Ma mère a un ancêtre irlandais. Je viens de l'apprendre !
– C'est fou ! Qui aurait pu deviner ? Tu as l'air tellement euh... japonaise.
Megumi, amusée, insista :
– Alors, cette maison ?
Hamish fourra les mains dans ses poches et déclara avec une grande nervosité :
– Je peux te dire où elle est. Mais je te préviens...
Il regarda autour de lui, baissa la voix, avant d'ajouter :
– Elle est hantée.

60-62, rue Saint-André-des-Arts
75006 Paris
www.didier-jeunesse.com
Suivi éditorial et artistique, mise en pages : Emmanuelle Painvin
Graphisme collection, couverture et pp. 144-153 : Jeanne Mutrel
www.letmebebold-design.com
Photogravure : IGS-CP (16)
ISBN : 978-2-278-08990-1 • Dépôt légal : 8990/01
N° d'impression : 1800208
Loi n° 49-956 du 16 juillet 1949 sur les publications destinées à la jeunesse

Achevé d'imprimer en France, à Alençon, en février 2018, chez Normandie Roto Impression s.a.s., imprimeur labellisé Imprim'Vert, sur papier composé de fibres naturelles renouvelables, recyclables, fabriquées à partir de bois issus de forêts gérées durablement.